閒情拋卻

亦舒

目錄

Double O Seven

一直喜歡看占士邦電影，熱鬧、胡調、諧趣，槍彈有眼會得轉彎，永遠射不中阿邦，他的西服頭髮亦永不凌亂，冰肌無汗，啟動導彈之前，手腕一轉，要一個蘭花指才按鈕，惹得觀眾嘻哈大笑，邦叔永無靈魂，只有肉身，配着半裸美女，煞是好看。

然而這樣卑微的娛樂也被剝奪，近年銀幕上的他忽然生性，腦囟合攏，天呀，新占士邦變得傷春悲秋，自卑自憐。驟然發覺世上除出黑白，還有許多灰，情報處人人有說不出苦衷，不得意之下作出錯誤選擇：萬事皆注定，半點不由人。他臉上充滿苦澀皺紋，呵，他心向明月，明月照溝渠。

這還有什麼看頭。

救命。

他變成一個活生生的人了，機關跑車、新式武器、特異功能，全部消失，他甚至失戀，救不活愛人，他還是占士邦嗎。

最可怕是這種風氣一直延伸出去，連超人、蝙蝠俠都開始有型有格地懷疑自己，變成哲學家。

各執一詞

世紀轟動大案審判中，控辯雙方爭相發話，言辭空前精彩。

——自相矛盾、片面之詞、混淆不清、似是而非、編排自作、前後不符、昧着良心、爭取同情、胡言亂語、人品低劣……

還有一句「最低級的電視編劇都會作得更好」。

急急摘錄下來，打筆仗時一定用得着。

雙方均否認全部指控，各有一副道理，這是筆仗常見之事。

今日，作者與作者已不做這一套，政府與民眾卻鬧哄哄各執一詞，在報章上大篇幅刊登啟事表態。俄總理普京在紐約時報針對美國戰爭販子大表異見，文筆頗佳，值得一讀。

吵相罵最令人生氣是對方睜大雙眼說謊，扮無辜、博同情，苦也苦煞脫，叫公眾為他血淚史說句公道話。

實際處心積慮，擺下機關，一步步來：說謊、羞辱、恐嚇、勒索、撕票。

這肉票許就是閣下的衣食。

餐車

從前，飯在家裏吃，兩菜一湯，各人有專用筷子，吃飯是一件事。

彼時大牌檔，還可以坐着用食具吃，一碗細蓉，粒粒飽滿，真材實料，湯面還浮着香氣噴鼻的韭黃，一點不覺委屈，吃完不知多開心。

後來，西式快餐店流行，噹一聲給一隻漢堡一杯汽水，哪兒涼那兒坐，勉強果腹，繼續開工，店裏有枱有櫈，不算太委屈，只是忙亂。

好了，到了今年，連枱櫈都消失了，一輛大卡車，駛近停下，打開窗戶做生意，客人乾脆站着吃，紙包不牢薯條雜菜，紛紛落在地上，接也接不住，食客狼狽如乞丐。

豈有此理，再也不打算接受，多好吃也沒相貌，民以食為天，吃是嚴肅的事，怎可淪落到如此地步。

但凡餐車供應食物，第一，必然油炸；第二，醬汁濃稠重味，甚至有粉皮捲住大堆薯條再炸一次，吃得整個北美洲超重。

一向不贊成懷舊的人，也想起當年秋夜在牌檔吃粥，還有一杯清茶招待，檔主收音機輕輕唱：「我到達鳳凰城之際，你或許已經起床……」

道歉

長官生氣，「事後證明都是謠言，為什麼有關人等不就——、——、——道歉！」

道歉？

江湖中沒這種事，任何人都可以信口雌黃、無中生有、言之鑿鑿，把各式各樣謠言傳開，毋須負責。正所謂謠言除出散播，還有何種用途，又云，真相尚未出門，謠言已走了半個地球。

「我錯了，誣諁閣下——、——、——，統無根據，純屬創作——」

要等太陽西邊出。

怎樣應付？只好說聲全是江湖手足給的面子，沒利用價值，不會有人提着。

事後除出受害人，也沒有誰會記得，還道歉呢。

女友說：「倘若少年時可以有機會讀好書……」還未抱怨完畢，大夥已經揶揄：「你現在有何不妥，欠名還是欠利，抑或健康受損，你穿了乎爛了乎，還有遺憾嗎，你看誰誰誰，廿歲已取得博士銜，日子比你好過？」嗤之以鼻。

沒有希望？也不是，民智漸開，魯迅時代圍着看殺頭群眾漸少，看後，也笑不出，覺得鼓掌沒有意義。

失去的

一個美國影評人這樣形容：「對於王家衛來說，沒有什麼比失去的事與人更加美麗」，他指《一代宗師》裏的惆悵纏綿，叫觀眾無時不刻淚盈於睫，心酸不已，到最後，連命運大神都無奈地鼻子通紅：我原不想如此……

相反地，叫人無奈淒美原著如《大亨小傳》與《安娜卡寧妮娜》卻被拍得粗鄙濫俗，糟蹋原著身心，叫觀眾生氣。

洋人不懂什麼叫惆悵——誰道閒情拋擲久，每到春來，惆悵還依舊——他們最倒楣不過是懊惱，槍管子指着也營造不出那種感覺。

外國導演中維斯康蒂最具惆悵意識，場面越華麗越是荒涼，虛無如夢，主角都不肯定是否還值得活下去。他記載時代變遷，貴族沒落，一如《倚天屠龍記》一書中明教解散，四大護法左右二使流落江湖隱姓埋名，紫衫龍王竟裝扮成金花老婆婆才能生存。

日月換了新天，大觀園居然要開源節流，書也不必再讀下去。

不是過去太美，而是此刻太醜。

U Pick

每當夏季，溫市舉辦林林總總戶外活動，不外是搭一個帳篷，表演雜技、歌舞、吹氣球、畫大花臉，以及販賣一些粗糙食物如雞翼棉花糖熱狗等，家長與孩子們卻趨之若鶩。

其中一項叫U Pick，極其簡單，付出三兩元入場，農莊主人給一隻膠桶，任由孩子走進瓜果田，自己動手採摘。

幼兒們在陽光下奔走，一邊摘一邊吃，不一會半張臉被果汁染成嫣紅，小臉曬得紅咚咚，笑大嘴巴，新移民都說：「真開心。」

這些孩子，家中一定堆滿名貴電子玩具吧，為什麼對簡單的自摘果子有這樣大的興趣？有人會說，由此可見，快樂與金錢無關。

愛煞風景的人卻笑，那也得父母豐衣足食，茶飯不憂，事事辦妥，才會有時間興致精力載他們到農莊玩耍吧。

其餘節目，包括各族裔食物節、粟米田迷宮、戶外莫扎特貝多芬蕭邦音樂表演，以及莎士比亞戲劇節，最主要是費用全免。

歐洲古屋

友人在南法普羅旺斯置業，古屋兩百年歷史，內部已經維修，全新現代設施，一切齊全，家具也包在內，美金七十萬元，搬進即住。

鵝黃色外牆，雪白客廳，窗外一望無際紫色薰衣草田，藍天白雲，住在裏頭，像當年法國新浪潮電影女主角。

親友紛紛探訪，讚不絕口，嘩，神仙一樣，是，記得嗎，嫦娥也是仙子。

三個禮拜之後，忽然想讀明報，對不起，最近的唐人街在巴黎，三小時火車，古屋獨欠互聯網設施。不幸喉嚨痛，呵，找不到涼茶，到鎮上唯一美麗老教堂祈禱吧。

友人想清楚，搬回本家鬧市，房舍租出經營度假屋。

文藝青年都做過歐洲之夢；上了年紀，聽見陌生地方都怕。北京有個地鐵站叫公主墳，怎麼樣，夠浪漫吧，可是，如何在該處安居樂業呢，打拼適應是廿一歲年輕人所作所為吧。

我等，連裝修都不敢。

Not to be

最著名演繹英語中not to be這句子，在丹麥王子漢姆烈特的獨白裏。

是故戴妃也說得好，她接受記者訪問揭露婚姻失敗時說：「本來，他可以打理國政，我，可以與群眾握手直至母牛回家，但，it's not meant to be」，即謂鏡花水月，有緣無份，心事終虛話。

華裔最顯著例子是寶黛情緣，陰差陽錯，不得善終。

真令人惆悵可是。

冥冥中自有注定，一件事，無論盡多少力氣，花多少精神，成與敗，半點不由人，只能說有心栽花花不發。

年前有女友說：「坐在家中，會有理想對象前來敲門？」答：「如果有，一定會」，伊嗤之以鼻。當事人可需要長得特別漂亮，具特殊才學，或是家境優渥？也不必，甚至性格也不用可愛親切，有就是有，沒有就是沒有，毫無秘密可言。

至於誰有誰沒有，必定是命運大神隨手指着說：你，你，你，即刻回家；你你你，可以留下。

自殺嗎

年前，有導演窮途潦倒，其夫人仍然照常喝茶逛街，老式男人頗有微言，嘖嘖聲，冰姐不慍不火地說：「蔡生，你說應該怎麼辦，自殺嗎？」蔡生訕訕。

一些男人有很奇怪想法，女性應當吃苦才算賢良淑德，像古時石崇，被皇帝抄家，歌妓綠珠墮樓而亡，傳為美談，還有項羽打敗仗，虞姬還要表演一場歌舞才刎頸自殺，十足節氣。

一次小友遭遇同樣難題，被道德塔利班圍攻，她冷笑一聲，「對不起，死不去。」

女人要殉葬，否則，也得掩臉嗚嗚聲應景作悲切狀，至少，一起餐餐吃漢堡，相反，沉着應付，不動聲色，那簡直是反了，楊妃何在，拖出絞死！

成年人，不論男女，在外做事失敗，一定有能力或性格上極大謬誤，自身應負全責，怎可胡亂強人所難，叫人陪葬。

要兩肋插刀，大講義氣也行，坐下好好議論，或可救，或不可救，或不能救，甚至決不可能救，也不必動輒叫女性無故犧牲。

就讓女性學習處變不驚，莊敬自強可好。

忤逆

世上最忤逆的人，想來想去，還是哪吒。至於真人，也許是英遜皇帝愛德華八世，即前威爾斯親王大衛，這人自少年期就喜歡有經驗年紀比他大的女子，輪到美籍辛普遜太太，已經過許多任叫皇室及國民皺眉頭的情人。

他不願與母后談判，一定要娶離過婚兩次的辛太，瑪麗皇后氣得翻倒，痛心疾首，去信逆子：「親人與國民對汝何等愛惜，汝卻辜負爾等眷顧期望，不願作出次一等的犧牲。」

愛德華一意孤行，還要批評母后「血像冰水一般」，結果僵到遜位，至死才能置身國土。

旁人不住詫異：怎麼會，世上如辛太般平凡女子車載斗量，但一目睹實況的大臣說：「從未有一人，可以控制主使另一人，如辛太對愛德華。」

這是一個想魚與熊掌兼得打錯算盤的驕縱子，最忤逆是他嗎。

最忤逆是持槍到商場、學校、辦公室，無緣無故殺害無辜市民的兇手。

這種最不像話。

撰稿佳地

要靜，不，不是環境，而是心態，並且，請把個人最佳時段留出，杜絕旁鶩，說到底，同做其他所有工作一樣，需要專注。

最好當然在白色海景度假屋裏寫，海鷗啾啾，浪聲沙沙，陣陣鹽香，斟一杯藍山咖啡，憂鬱懊惱寫得不夠好：一定要這樣，太開心，認為自家作品妙不可言，就不像寫作人了。

但我們生活在真實世界裏，日常瑣事縈擾，討厭之至，只得盡量妥協：水管有毛病必須處理，孩子功課也得督導，那麼，電話鈴響，就不必理會了，不外是東家長西家短，真正需要知悉的大事都可在報上讀到，喜歡聊天，那是寫作死敵。

還有，晚間應酬，一頓飯下午六時吃到十二時還戀戀不捨，第二早黃腫爛熟起不來，也不用寫了。愛漫無目的四處旅遊，但不願好好住下吸收，千篇一律遊記也對寫作無益。

照這麼說，豈非古佛青燈，活得似苦行僧才能寫作？是呀，說中了，還想有其他嗎，貪得無厭，則一無所得。

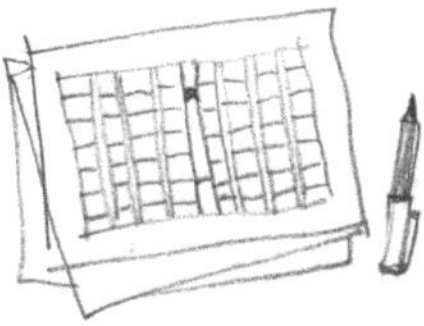

倒楣

「他一生都那麼倒楣」。

這同終生幸運一樣，大抵沒有可能，人生總有起落，但如果一直自怨自艾，那種負能量積聚，實在有礙發展。

一個人的曾祖太公父兄叔伯姐妹配偶愛人絕對不會左右一個人的前途，每個人生活中必然會遇到陰毒小人，喏，那些與我們旨趣不近的假想敵，名單三尺長，伊們推倒油瓶不扶，隔江觀火、落井下石、給人戴帽子，穿小鞋，都是全褂子武藝……

中了臭彈，是否應當念念不忘，抑或如一些人所說，厚着臉皮照常生活，那就看你的了。

春季已到，鄰居傳來兒童安琪兒般笑聲，淘氣狗出來汪汪巡視，空氣清新，活着的人深呼吸一下，不致辜負健康肺葉，豈非更好。

成年人必須接受人生不如意事常八九，衛兄刻一顆閒章，叫「豈止八九」，年輕得志，紅透半邊天的他還有如此牢騷呢。

須知將相本無種，打算努力的儘管衝鋒，選擇悠閒一生也有益處，沒有什麼倒楣不倒楣。

This too, shall pass

少女失戀，悽慘萬分，她祖母這樣說：「阿女，這般苦惱，也會過去。」這句話是歐陸老諺語，傳到今日，幾乎成為箴言。

別心急，什麼都會過去。

女友年輕時被三名青年同期追求，結果三人又不約而同離她而去，每當陰天，她都苦惱不已，深覺不作出抉擇是終身大錯。

時光飛逝，十年過去，伊工作與感情都頗有所得，回頭看去，只覺納罕。

——「那三人同時在你窗下出現齊唱情歌你會怎樣。」

她想一想：「報警。」

失戀怎麼辦，爽快的人會說：另外找一個更適合的；理智的人：如果他值得思念，便默默懷念，如果不，速速忘記。

有一句詞叫多情卻被無情惱，凡事不能看表面，感情藏心坎，冷暖自知：「忘記了」，「誰相信」，「我不是要你相信」。

過去，不代表忘記。

「升呢」

開頭，統稱才女，會寫字呢，一定有點才學，印了小書，會用作者本人玉照做封面，一派秀麗狀，手指放腮邊，像明星又不是明星。

過了十年，還在寫？噫，叫人吃驚，大抵有些志向，可惜也許走錯不通的路，這樣勇於向前，通往何處？於是，尊稱女作家。

這女字來得奇怪，人們說起金庸倪匡，從不說是男作家，但，才女不能做男作家，只好一直做女作家。

又過十年，老大，中性化，某報要求做訪問，只推說「大齡作者，不宜再嚕嚕囌囌」，升呢了，做個一般作者。

來得不易，故此有點歡喜。

能夠專心寫作，叫什麼都好，現時美女們出彩色寫真，或指導瘦身美容，更有戀愛必勝法，都趕在七月書展出版，書展只有七日，不知其餘三百五十多天幹些什麼。

一日，忽見名字之前冠「小說家」三字，嘩，守得雲開見月明，但是，通副刊版作者介紹，都是小說家了，這時，想做才女已來不及，嗚呼噫唏。

狄更斯

英文豪狄更斯，一直喜歡劇院，以及年輕貌美的女演員，他也時時當眾朗誦作品如孤星血淚段落，換句話說，他愛群眾，也不介意鋒頭。

狄與髮妻生下十名子女，但他真正的愛人是當時二十歲的妮莉杜南，他秘密收藏她，辭世後留給她可觀財產。

令人難過的事，妮莉曾對密友這樣說：「老先生的手一接觸引起雞皮疙瘩」，兩人靜靜來往十年，女戲子後來嫁給比她年輕十二年的牛津學者，大抵是物極必反。

這一段故事在維多利亞保守時期少人提起，被廿一世紀資料搜查員與編導合作，寫成故事，改編電影。

這件事讓觀眾看到當年英人生活方式，但卻不如影評所形容浪漫動人，那不過是一男一女各取所需。

狄更斯似乎十分重視個人形象，一直到離開髮妻，也不願公開二人關係。

英國還有一位大畫家端納，與他的房東太太相處十二年，卻不公開，也不給生活費用，與他仙境似畫作毫不相襯。

那時我年長

卜狄倫生日之時，雜誌總喜歡這樣寫：「他彼時年老得多，現在年輕了」。那是他名曲之一「I was so much older then, I am younger than that now」，歌詞悲涼，以他獨有受傷般痛傷沙啞聲音演繹，說出政客怎樣趁他們年輕天真蒙蔽真相，指鹿為馬，黑白亂講。當然，後來，青年們長了智慧，發現實情，故此他也顛倒過來說，我現在年輕——雙眼看得清楚。

這歌只有他才唱吟出淒酸、悲痛、無奈、憤怒，別人當一首民歌唱，實在太平靜愉快，完全失去精粹。

當然，不是每個聲音破損的人都是卜狄倫，歌詞由他所撰，他有真切痛心感受。

我們年輕之際，都那麼愚昧衝動，像相信對別人真心，別人也一定回報；像一分耕耘，得一分收穫；像守得雲開，終見月明之類。

今日老大，回憶種種，啞然失笑。

明周一次問寫作人：「快樂是什麼」，同文竟不客氣答：「世上沒有這回事」，他也明白了。

正是：誤我一次，是你卑鄙，愚我兩次，是我活該。

蠶食

「請交稿」，「什麼，前幾天才交一大疊」，「唉，卿可知發稿如蠶食桑葉，刷刷刷，一下子滿籮吃得精光」。

這話說得再正確沒有，驚訝之餘，試着多交一些，因是小說稿，憧憬廿年後同一個故事還有讀者青睞，故此一次交三千、五千字，仍然聽到心驚肉跳追稿聲。

罪過，成年人做功課需要催促，成何體統，於是交一萬、兩萬，但毫無安全感的編輯照追不誤，一半好奇，一半賭氣，那麼，一次過十萬字好不好。

稱這種做法為淒厲的稿海戰術。

問文友：「閣下在出版社可有存稿」，他一年只交一次稿，雲遊四海，四處旅遊，從不脫稿，答云：「這是我的職業，存稿約數十萬字」，可是，還是得每天寫，否則今年一過，明年仍然無以為繼。

每一個行業均有嚴格紀律，從業者應為常做常有慶喜。

如此巴結，可是為着討編輯部歡喜，不不不，這也不過是小撮寫作人習慣，予人方便，自己方便，寫作是高興事，不是還債。

起床氣

友人沒有憂鬱症，也不悲觀，生活過得去，平時也有能力照顧自己及家人，但是。

但是每朝睡醒起床，卻有難以形容冤氣：怎麼又天亮，非得掙扎應付每日沉悶痛苦瑣事，包括上班、家務、跑銀行諸等，永遠做不完，厭倦到極點，但稍一鬆懈，生活程序崩潰，更加淒涼。

這叫做起床氣吧。

源自嬰兒午睡醒轉，非痛哭一場不可，有時不痛不癢也哭到深夜仍然不停，整家人垂頭喪氣，捧着毛頭嘆氣，喂閣下不髒不餓哭什麼，問又不應，等到長大，統共忘記此事。

一位母親待兒子大學畢業仍問：「為何夜啼」，「為何哭個不停」，千古之謎。

大人也如此，就有點擔心，倘若三杯咖啡，一個冷水浴還不能解除該種憂鬱，大抵要找醫生商量一下，病從淺中醫。

也許，在因子裏，都有某種記憶，細胞彷彿記得出生前生涯舒服點易過些，如今托世為人，苦頭有得吃。

故此痛哭。

阿波羅在特爾菲的神壇

與同文從未見過面，可是，把他的專欄文字當作阿波羅在特爾菲神壇的指示那樣拜讀。

他文字並非特別精妙，但憑智慧經驗，與讀者商討人生最大問題，不，不是發財、瘦身、美容、愛情、哲學、旅遊、美食、政治、教育、育兒……而是怎—樣—活—下—去。

這個題目，是千真萬確學問，俗云，做人看收尾那幾年，青少年，一杯水一塊餅，背囊營幕也可以過一年，但人類漸漸長壽，四五十歲，晉升為叔叔嬸嬸，退休之後，還有好些日子要過，那又如何生活得有尊嚴呢。

聽他說來，字字珠璣，首先，是專心工作，更加努力儲蓄，千萬不要動輒跟大隊去拯救地球，則日後生活可保不失，否則，像城裏名人——與——，盛年何等風光，可是晚年潦倒不堪，有失斯文。

還有，他說，做人需大而化之，遠離負能量毒素，走為上着，千萬不可糾纏不清，滾釘板、告御狀，弄得神憎鬼厭，永陷煉獄。

好好生活並不容易，這年頭，誰還會忠告誰，都是隔岸觀火、落井下石，看到金石良言，不可錯過。

眼珠體操

現在輪到陸女星表演眼珠運動，一見如是，立刻轉台，實在吃不消。

著名的誰與誰，一見鏡頭推近，立刻正視觀眾，眉目傳情，不管劇情發展，對白輕重，雙眼烏珠，必先打圈轉動，幾個圈子兜下來，見觀眾尚未迷暈，開展第二回合，那是自左到右，又自右到左蹓躂。

接着還有什麼招數，不得而知，已經轉台看新聞。

之前，台女星做足輸贏，那雙眼睛是活的，的溜溜轉，差些會落樓梯朝觀眾面前滾過來，一律欠奉的是雙眼可以表現的無奈、蒼茫、憂鬱，與含情、歡喜等情緒。

完全對「眼睛演戲」會錯意，且去到十分惡劣地步。

雙眼至懂得醞釀內心的登峰造極者自然是阿爾柏千奴，當年導演要用這名新面孔任《教父》主角，製片叫苦：「給你羅拔烈福吧」，卡普拉答：「我情願不拍。」

另一面

國家地理雜誌是天下第二雜誌，第一，當然是明周。

閱國家地理雜誌，讀者要記得，那是美國出版的雜誌，美人愛國兇悍，沒有什麼不站在他們立場說話，橫蠻護短。故此雜誌一旦長篇大論研究黑龍江，或是用鐳射描繪桂林山中巨洞，或是計算中國糧食問題，便立刻警惕：怎樣，又在轉什麼念頭。

戰爭時期，美軍方常徵用國家地理雜誌精細繪製地圖，雙方關係密切，一次，花半本雜誌篇幅演繹伊拉克宗教、民生、風俗、地理……用以教育美國民眾瞭解敵人詳情。

某期暴露加國油砂礦場污染環境，加國能源部長光火發言：「世上沒有漂亮的礦場！」況且，能源大部份輸往美國。

對於國家地理雜誌，除出宇宙、火山、海洋、瑪耶與印加古民族、埃及學、黑猩猩、熱帶雨林、全世界木乃伊，以及他們自家，其餘一切文化，除非落後，很難美麗。

不知為何，因為報道實在詳盡，照片美不勝收，仍然叫讀者着迷：還是第一次知道，桂林山洞面積如二十二個足球場，洞內有樹居，甚至學校。

創意

所謂創意，就是前人沒有做過，某些科學或文藝工作者靈感突發，做了出來。

簡單如披頭四一首《昨日》yes-ter-day，結鬱的幾個音符，像一聲長長嘆息，叫樂民心靈受到震盪，最近流行曲歌姬凱蒂佩莉重唱此曲時感動得淚盈於睫，觀眾突然發覺：「凱蒂，你能唱歌！」這平常惡俗不堪胸前裝兩球冰淇淋紫髮歌星因此曲叫人讚嘆。

還有一個最簡單例子，轟動全球，上世紀六十年代英服裝設計瑪麗闊忽然把女裝裙裁去兩呎，除出英女皇，人人爭穿迷你裙。

創意像煞簡單，過去卻沒有想到，英作家奧斯汀本本書教女子嫁個有錢人，吸引無數讀者，之前，都只忙愛情。

科學家更如此，牛頓的萬有引力，愛因斯坦的$E=MC^2$，富蘭克林運用電力，統統是天地間已有物質，但是，他們先發現，名留千古。

最有用是互聯網，發展到千里眼順風耳地步，都說，之前，是如何生活的呢。

最明顯的，是抽水馬桶。

航行者

美太空探測儀航行者一號發射三十五年，已脫離太陽系向無極宇宙駛出。

有套科幻電影想像航行者完成任務，收集無數資料結晶成為智慧生物，它活轉，並且回返地球尋求它的創造主，最終發現原來創造它的是愚昧粗淺的人類，氣忿得要毀滅地球。

由此可知青出於藍，青勝於藍不是那麼理想的事，大學理科畢業生開口閉口：「爸，媽，事情不是這樣的」，開始他的理論，長輩啼笑皆非，大人叫這為航行者綜合症。

其實同七歲有什麼分別呢，衣食住行均靠家長，髒衣服成堆換下，動輒「請問車匙、背囊、藥膏以及其餘天地萬物在何處」，還有，一有傷風鼻塞，「嗚嗚，陪我看醫生」。

這仍算比什麼都憋在心裏好十倍。

一個少年對老媽說：「你不比從前那樣痛惜我了。此刻，你不過例行公事」，嗄，那還不夠，至少該得勤工獎。

遙想當年，十多歲便脱離八大行星，去到公海，尋找前程，啊，還有生活，一個人，總得養活他自己。

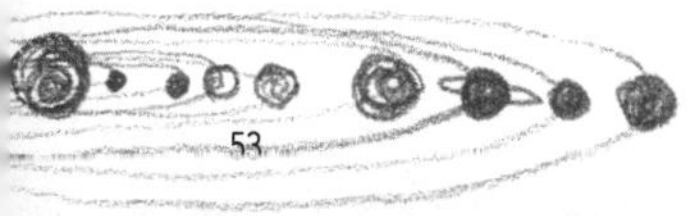

公論

特地駕車買一份華文報，只為讀某同文專欄，看漏了，老覺不自在。

又即使買回報紙，副刊也就攤在眼前，也不會看——與——的文字，選擇自由，不想智慧受到挑戰。

讀者天威莫測，厲害在這裏。

讀者明察秋毫。

古時英國測試民意，把一隻肥豬圈住，叫村民猜估重量，意見紛紜，從數十斤到數百斤都有人猜。結果，村長把所有重量加一起，再除村民數目，所得重量，同肥豬差不多，是兩百公斤。

這是統計學一項重要數據。

奧運體操項目評分，一般把最高與最低兩個分數剔除，再平均分數，免除偏見。

哪部電影賣座，哪間快餐店生意興隆，何間大學成績最佳，都是這樣選出，大眾意願不可忽視。

他是否一個好人？照經驗老到的前輩說：損人利己倒還情有可原，損人不利己，則又笨又壞，不可接受。

某種水準，必須維持。

復合

同文並非感情問題專家，但他分析復合這件事，十分周到。

他的意思是，復合並無幸福，因為當初導致分手的原因，統統不變，仍然擺在那裏，日子久了，不但重新浮現，而且變本加厲。

譬如説，他根本不懂欣賞她的優點，她討厭他一大堆經濟倚賴的家人，雙方愛花錢享受均入不敷出，他且喜誇大，她漸漸看不起他……

因此分手，忽覺落寞，留戀過去好處，又再在一起，如此這般，蹉跎最最寶貴一去永不回頭的時間，故此復合不可行，人還是那兩個人，環境還是那個環境，失敗成數至高。

女友在三十歲那年忽然長了聰明：「我打算結婚，半年內若無意，請叫停」，不再花時間逛街喝茶看電影頭碰頭旅遊。

她有學歷正當職業中上收入，要求男方同等條件，不算過份。

放棄復合機會，回頭一看，實屬明智之舉，那人現任伴侶遭遇的挫折，與當年的她一模一樣。

變遷

最大樂趣，是少年損友，啤酒在手，隨意吹牛聊天，嘻哈大笑，一點建設益處也無，有空下次再來。

漸漸老大，有了機心，發覺一些人說是一樣，做是另外一樣，喜歡利用他人單純，穿了小鞋，戴過帽子，以後心眼較窄，不大願意聚會。

到了中年，各有各忙，感情、工作、家庭、子女，分身不暇，實實在在山一般壓在面前，對，還有大半人去了移民，人走茶涼，活得下來已忘前塵。

不是不嘗試結交新朋友，談何容易，忽覺勞累，只得擱下。愛打牌的人比較幸運，認牌不認人嘛，但牌友忽爾回流，往北京發展，追也追不上。

鄰居搬了七次之多，每戶均大事裝修，故此記得，一家人的孩子每天下午寂寞地練入網，另外一家喜玩滑板，都不愛專注功課。

小青年喜聚不喜散，視歸如死，往往在外賴到凌晨，但是有聚一定有散，故此還不如不聚的好。無論什麼地方，興致來了，舉一舉杯，大家好。

笨

「那件討厭的事，是你做的嗎，都傳是你。」

友人也真坦白：「如果是我，我不會讓你知道。」

大家都稱是，他是何等機智聰敏，行走江湖這些年，幾乎要每件事都辦得妥貼，才會到他那個地步，怎麼會被人抓到把柄。

正是，說他壞不要緊，但不可說他笨。

知彼知己，生活才能安然過渡。

但凡閣下不喜歡的人，不見得全都膚淺簡陋任由連根拔起，每個人都有生存之道，合不來維持距離即可。

一直覺得不能容人是出來做事致命傷，你不容人，如何用人，而人又怎樣用你。

一家出版社或一版副刊的人事關係極之複雜，誰誰誰，特別難纏，歷代歷屆老總怎麼不知道，乾脆叫伊們走？如此簡單也不用老總了。

工作崗位不是一個人實施理想的地方，那是勞力換取月薪之處，切忌大展鴻圖，大施改革，大演神威。

社會最不能容忍的，往往是愚蠢。

「聽乞食」

事情是這樣的：一個同文，寫他的朋友，如此對兒子說：「嘎，你嚮往寫作？聽乞食！」他是粵人，廣東話「聽」字即指日可待，意味從事寫作，終有一日會討飯，那機會率高得不能再高，故此，子女如思想有錯誤，居然要走此地獄之路，非即時鞭撻改正不可。

原先以為純恩哥會仗義站出來直斥其非，但等許久也沒有，不得不咳嗽一聲，噫，在下我也是行內人，大抵有資格説幾句：其實任何工作，只要喜歡，便是好職業，能夠維持生計，毋須投親靠友，便已功德圓滿，都會開放文明繁華富庶，無論哪個行業，真正發達或淪為乞丐的數字都是少之又少。

一個人經濟窘逼，大抵只有一個理由：他花費多過收入，亦即不諳量入為出。

行家多數生活小康，子女均往外國留學，自置寓所，安居樂業。若果告訴你，衛斯理最初稿費只得六元千字，還得扣除標點，你大概不會相信吧。凡百從頭起，不然，往後怎麼加到千倍？

那孩子可能是另外一個大作家呵，真是！

名將

報載越名將武元甲辭世，享年一百零二歲。

他是越南開國元勳胡志明的左右手，是越南獨立戰爭英雄。

武氏最著名一戰是神乎其技的奠邊府之役，一九五三年他帶領越軍殲滅為數十倍軍火先進的法國殖民政府軍，取得勝利。

隨後二十年，武氏繼續率領部隊與美軍抗爭，直至七五年美方全面撤退。

這兩場大戰，使人覺得：打仗當然靠武器力量，但，也不淨靠先進武器。

據美國記者報道，在越南戰爭中，軍方曾為每名越共擲下五百磅炸彈，仍然沒有戰勝。

看完詳細紀錄片，發覺西方大國打仗有一個觀念：他們希望軍人會得回來，故此身邊各式配備重達四十餘磅揹着走，而越方戰士連制服鞋子頭盔也無，單衫一件，手持AK47，根本沒想過還可以回家，隨時為國捐軀。

嗚呼噫唏，這仗還怎麼打呢。

據統計，美軍返國後自殺人數，已超過陣亡數目。

笑

女兒讀小學之際我最喜站壁報板前，看幼兒畫作，老師的概念是：每個學生作品均可貼堂，無分彼此。

最普通的畫題是「我的父母」，「我的家庭」，他們天真爛漫，無拘無束，流利寫實，把他們心目中的爸媽畫出。

有些醜得不像話：墨黑面孔、鋼絲般頭髮、眼若銅鈴，觀眾往往躲到隱蔽角落，才蹲下大笑：阿仔，今午放學你不用回家了。

稍後他們懂事，已無此天真，多數學東洋漫格，把媽媽畫成大眼長睫，個個都是美人，失卻原始韻味。

畢加索說的：「我七歲之際，畫得像拉菲爾，現在我七十歲，只想學孩子作畫。」

孩子們還未熟悉地球上人情世故與價值觀，一切率性而為，活潑可愛，日後……也不怎麼樣，就漸漸人情練達，知道好歹、進退、利害，換言之，長大了。

一日，在商場中又看到幼兒畫展，逐幅欣賞，笑得打跌。

最佳娛樂，且免費。

虎媽

戴卓爾夫人還是羅拔士小姐的時候，在父母經營的雜貨店幫工，一日，有政客演講拉票，借小店舉行茶會，她被吸引，駐足聆聽，她的嚴母見少一個幫手，忙得走油，在人群裏找到她，把一隻托盤塞到女兒手中，厲聲説：「茶杯！茶杯！」

稍後，她考牛津法科被錄取，收到入學信件，興奮地對母親説：「看，牛津錄取我。」那位母親正在洗碗，聞言板着面孔冷冷説：「我手濕，不方便。」

嘩，這真是虎媽中的虎媽，無論女兒做什麼，一盆冷水迎頭潑熄，老媽所要的，是一名雜貨店幫工，不是英國第一任女首相。

另一位厲害的母親是牛頓太太，那時牛頓已是國際聞名的大科學家，微積分之父，在劍橋佔重大位置，每次回家探訪，他的寡母均抱怨：「艾薩，田園將蕪，胡不歸？」家裏有幾畝田無人耕，牛頓是遺腹子，老媽毫無遠見。

所以這栽培二字，真值得鄭重商榷，有種感覺：那孩子立志要做什麼，在自由穩定社會，大抵頗有成功機會，請予子女選擇自由。

到此一遊

誰誰誰到此一遊的刻字，始祖大抵是清乾隆皇帝。

此人長壽，又富有，愛文物，凡是歷代古董字畫，到他手裏，便蓋一個巴掌大血紅硃砂印，或賦詩一首，親筆填上。他以為歷朝歷代的文物均屬於他一人，任由他調排。

真正可惡，有些印章竟蓋在畫作中央，破壞整幅丹青。他一生寫了四萬多首打油詩，不少叫人鑿在青銅器或玉器上，連新石器時代的一枚箭簇也不放過。

這人的娘親沒教他尊重歷史，他快意恩仇，想到什麼做什麼，上萬件珍貴古董被蓋上「乾隆御覽之寶」，煞風景之至。

中國歷史上並非沒有文才的皇帝，那是宋徽宗趙佶，一手瘦金體剛健婀娜，所繪花鳥秀麗寫真，令觀者傾倒，琴棋書畫，無所不通，可惜，是一個失敗的君主。

愛新覺羅溥儀流亡之際，不知帶出多少國寶，其中一顆乾隆最喜愛的田黃三連章，一直藏在身邊，日本與蘇聯人都掀不出來，如今存放博物館內。

退休

都希望退休。

從前退休年齡訂在五十五歲，今日看來，未免納罕，那正是一個人智慧最成熟之際，體力也還可以應付，全部退下，是社會的損失。

一位富人形容長子：「從來沒有工作過一天，那麼，此君也毋須退休，由來沒有位子，如何退下。」

以此類推，所有風流倜儻的流浪文藝工作者也不必言退，從未領過薪酬，根本沒有職位，大可一輩子鑽研學問。

曾問靖弟何時退休，他笑説：「我會教學直到咚一聲跌倒講台之上，你呢。」

我？「直寫到一日嘭一聲頭碰到工作枱筆摔落地上，頭伏到稿紙上，然後，家人發覺，把面孔扳轉，看到稿紙上字跡印到臉頰：『他説：你還會愛我嗎』，哈哈哈，哈哈哈。」

姐弟笑得彎腰。

家母五十歲之際，衛兄已購置公寓安頓父母，這一代還有那樣福氣？

退休？！

Untrimmed

女子小時候，都粉妝玉琢，正如寶玉所說，像一顆顆珍珠，後來，因環境、際遇、人事，或是簡單地，沒把自身看好，而時間又沒放過任何人，漸漸變色、憔悴、落魄，再不復當年模樣，恰如莎士比亞形容：

And every fair from fair sometime declines,
By chance, or nature's changing course, untrimmed.

無情大手把紅粉緋緋兩頰、明亮天真雙眸、苗條身段，逐樣剝下；

性格也自開朗活潑變得多疑、多怪、多怨，容易生氣，此刻的人與事，沒有一件如意稱心。

她與她真正曾經是美人？年輕一輩臉上露出不置信神情，當然，整個飛機場大堂人山人海，你只看到這個美少女巧笑倩兮，春曉般色相足以叫人把所有煩惱暫拋腦後。

然後，生活與歲月重重壓下，走過八百里荊棘路，手邊法寶用盡，大雷音寺遙不可及，觀眾心如刀割：唷，不好看了，簡直不同一個樣子了。

一雙眼睛底下，盡是失望、愁苦、荒涼、寂寥，再艷妝保養，影子仍然在說，不如回家去，但，家在何處。

天馬行空

因陪小女讀初中功課，把《哈比人》一書背得滾瓜爛熟，會寫哈比字及畫哈比村地圖，作者托爾金繼續嘔心瀝血寫了《魔戒》，英國人崇愛文藝，將之推至極高地位。

華裔看魔幻小說是看老了的，只覺金庸故事像夜空裏觀焰火，驟然綻放一朵朵七彩斑斕碩大花簇，每一朵都是一條引線，說一個動人心扉故事，把讀者帶進想像世界，留戀不願出來，人物情操遭遇，都前所未有，嘆為觀止。

再讀同類，覺得枯燥。

內地最近又重拍射鵰，希望不要再加減乘除，一看穆念慈可愛無邪造型，立刻心頭一酸，她與楊康擁有最淒酸的愛情故事。

小朋友喜歡美猴王，那想像力堪稱天馬行空，意境苦澀高超：經文不能以筋斗雲取得，非要愚魯得不可救藥的和尚一步步走到大雷音寺，悟空受罰，不得不做他隨從，路上不住披荊斬棘，殺妖除魔。

唯一相似之處，可以說悟空、哈比人、韋小寶，全是「不情願的英雄」reluctant hero，逼上梁山，才坐上交椅。

執子之手

年輕新婚夫婦都憧憬執子之手，與子偕老。

他們父母也不過是中年，故此認為老年大抵像電視劇裏主角把鬢腳畫白一點，稍微彎着腰，其餘一切，沒有什麼不同。

這當然不是真的。

現實世界裏，老年相當可怕，首先，男或女，都會變得嘮叨嚕嗦，可能手頭時間多了，又或許安多酚分泌不足，舊時不計較的人今日也會說：「唷，這些年汽油上漲三倍！」其他人與事，當然是不滿意的多，「指甲與嘴唇怎可搽黑色」，芝麻綠豆，均議論一番。

手腳關節全欠靈活，括約肌日漸失效，小傷口整月不癒……都叫人氣惱，明明想旅行、遠足、跳舞、吵架，力不從心，徒呼荷荷，更加不忿。

按着人生定律，人人如此，並無例外，思前想後，那一年那件事，明明可以如此這般，若量子力學可以將時光倒流……

老人並不可愛，討厭老人之際不妨想，自身也會老卻。

都說，什麼都退化了，功能大不如前，只有一雙招子，比從前雪亮，was blind, now see。

-40℃

北國風光，千里冰封，萬里雪飄。

當氣溫降到攝氏零下15度左右，外出，即使只由停車場進入店舖，也不敢說話，張嘴，牙齦遇到冷空氣會痛，還有半瞇眼，否則眼球像是會結冰，接着，十隻指節不願轉彎。

當然，少年不怕，一早揹着滑雪器材，在麥記集合，乘十分鐘公路車，即到世界級滑雪場，玩一整天。

草原省份比西岸冷得多，到攝氏零下四十度之際，孩子們都喜玩一個實驗：走到戶外將一杯滾燙開水，朝空中潑出去，水到半空，已凝為雪粉，紛紛落下，煞是好看。

學校停課，孩子們與狗最高興，瘋玩，偶爾有上班族用雪橇上班。公路上時見三四十輛車子撞堆一起，電線杆被冰雨壓倒，大自然盡顯威力。

但是北國旅遊廣告永遠碧海藍天，紅色燈塔，綠茵草地，處處花卉，一瓣雪也無。

曾經大雪，步行上學，同學說：「這像走過bloody西伯利亞」，永誌不忘。

目前

電視台做調查，訪問六十歲人士，一生最好時刻是：讀書時期、戀愛、工作、抑或現在。

百分之六十多人士答：目前。

這好似與際遇無關，國民樂觀向前，並不留戀過去。

多年前穗侄後問：「最開心是什麼時候」，答：「現在」，此刻如果被訪，答案仍是「此刻」。

最大原因，是累積了一些經驗，知道世道如此，無可奈何，懂得兵來將擋，水來土掩。還有，賢的一定是你，愚的一定是我，不必尋求認同，一於喝早茶，讀報紙，自得其樂。

慶幸再也不必上學、考試（！）上班、搞人事關係、參加可憎應酬、虛偽言笑、裝假狗、解釋、申辯。

並無最好一面，連最壞一面也無，做好工作，戴上破帽，漫遊鬧市。

年輕之際，總想與社會磨合，交換一些什麼，那是極之辛苦一件事。

好不容易到了今日，可以換的已全部換出，涓滴不剩，反而自在。

劉姥姥

老伴終於忍不住問：「到底紅樓夢一書有何好看？中學曾讀課本裏劉姥姥遊大觀園一節，只覺嚕嗦瑣碎。」

錯在「遊」字，姥姥何嘗去遊覽，她帶着孫子板兒去討錢過年，好看在什麼地方？在脂批一句：老嫗行走江湖，榮辱不計，一個老婦，拖拉着一名小兒，上門討錢過年，你再欺瞞她，給她看臉色，拿言語侮辱她，那真是有損人格。姥姥受盡作弄調戲，提供笑料之後，討得廿両銀子，凱旋而歸，其中辛酸，令人掩卷三嘆。

又以村婦及小兒眼光，看大觀園的裝潢、氣焰、人物、衣着、言語，又點出板兒與鳳姐女大姐兒的邂逅，豪門與民間的距離……美不勝收。

那姥姥的演技，也真到了家，一味扮作愚魯蠢鈍，筷子連一隻鴿蛋都夾不上，又說些村言村語，惹貴親開心，終於得償所願。

這樣鼎盛一個園子會得塌落衰敗，事事應到今日社會人與事，竟似預言一般，故此百讀不厭。

尤其是惜春為管家抄家一事發的議論：但凡外人，一時殺不進來，非自己人互殺，那才見效。

嗚呼噫唏。

專欄

沒有什麼使人自我膨脹如一個專欄。

我思我想我手我寫，每個專欄都有讀者，寫得特別好或文字題材說不出的壞都佔優勢，假如天天寫，寫上一年半載，已覺與眾不同，文可載道，會得出現：「我的文章」，「從事文學工作」等這種句子。

又或專欄一開頭便是：「我的小妹打電話來……」，同期另一篇同一作者又寫「我的大兒子打電話來……」，多少電話便多少篇。

讀者照單全收，有親切感可是，像與親友話家常，不用出門，也知千里事。

若干年前已聽得文友要寫別的題材，樓梯響了不知多久，不見人下來，總得有勇氣提起筆寫第一章，好不好不要緊，難道寫不出鹿鼎記就統統不寫不成，一味拖延，不是辦法，時間是最大敵人，而港筆的優勢，早已失卻，內陸起碼有七億人中文更為流利，且有國勢撐腰。

依讀者眼光，誰，誰，與誰文字與經驗都有資格寫一個好故事，但十年八載過去，仍然沒有動筆，永遠不知寫得有多好，或是多壞。

罵山門

滬人稱挑釁性吵架叫罵山門，喏，山大王打架，一幫人馬到另一幫地盤，大聲叫囂，說些很難聽的話，像你娘親是我女朋友之類，挑起對方怒火，於是開門迎敵，決一死戰。

這當然是下三濫戰術，真正戰士，不做這些。當年英獅心王李察領十字軍東征，與沙拉丁大帝打得不可開交，勢均力敵，漸漸惺惺相惜，獅心王座騎戰死，沙帝叫人送上兩匹駿馬應用，獅心王深覺打下去沒有意思，率軍回國。

美軍包圍人家領事館，時用大光燈與吵鬧流行音樂，廿四小時高聲廣播，這也是罵山門一種。

吵相罵不免人身攻擊，三國志諸人向孫權挑戰，一定罵：「碧眼兒你出來！」你瞧，暗喻他是雜種，這種手法，太不光彩。

也會遇到另一方堅持不予理睬，閉門生活，不作一樣見識，罵戰的人又說：「厚顏無恥」，但總有一日會累吧，時間精力用在什麼地方不好，見有中年人長年累月儲精蓄銳，不惜工本那樣得罪行家，真是惋惜。

自立

「一日，發覺杯子都不見了，到處找，原來全在大兒房內，茶漬乾枯，他用完不拿出洗，唉。」

另一個主婦說：「書桌底下盡是襪子，捲成一團團，沒有一隻和另外一隻成對，臭氣熏天。」

「叫他們幫手收拾，笑嘻嘻，三天過後，又依然故我。」

「自宿舍回來，兩袋臭衫，一張臭臉。」

「都還是大學生了，將來我等息勞歸主，他們怎麼辦？」

「怎麼會這樣，是我們管教不妥，縱壞他們嗎？」

真像是一個師傅教落的可是。

「忽然，兒子說：『媽媽，我負責洗衣服，你教我用洗衣機』！」

廿二歲還不會開洗衣機。

不得不說：「這位慈母，你也需負些責任。」

都說見他們讀書辛苦，不叫他們做其他，一時也忘了他們已經長大。

不怕不怕，終有一日，馬死落地行。

時常對女兒說：「衛舅像你這年紀在內蒙古，小舅已在新大教書」，她回答：「你一家人都怪怪。」

封面聯想

明周那麼多期封面，印象最深刻，是一個女護士抱着剛出生試管嬰兒的照片。

那看護長得十分明媚，緊緊擁着寶貴新生命，充滿喜悅，真情動人。

該嬰兒至今應該已是中年人了，他本應來到這個世界，遲了一些，幸虧先進科技幫忙，終於托世為人，一定受盡寵愛。

他生活如何，他快樂嗎，可有找到真愛，是否創下一番事業，他又有幾名子女？

同學與同事、友人，可知道他是本市第一名試管嬰兒，又明周何以神通廣大，得到這一張封面照片。

從事生育科的梁醫生曾說：「人們批評我做上帝的工作」，這樣回答：「不，你幫助上帝認為應該有子女的人得到後裔」，命中無時莫強求，試管嬰兒成功率迄今只得三巴仙，求診者懷疑這個數字誇大，也許只有百分之一。

過程並不簡單，母體吃盡苦頭，一位年輕太太說：「真不明白何以有人會得春風一度珠胎暗結。」確係黑色幽默。

那真是一張特殊封面。

新書發佈

除出電影、歌曲、新裝、化粧品，連新書出版，也舉行發佈會，即宣傳儀式，知會公眾，什麼什麼作品已經面世，歡迎光顧。

由公關公司負責，在媒介大做廣告，大日子當天，請來主禮人嘉賓，當然還有作者本人，排場派頭，統統一流。作者本人雙手捧着新作按胸前，讓記者拍照，並且發表對新書的期望，寫作過程的苦樂，歡迎大家多多美言。

煞是熱鬧。

每個月總有百多部新作上市，題材範圍包羅萬有：如何學外語、怎樣克服沮喪、美女半裸寫真、烹飪奇方、美容、醫治疑難雜症、元明清四大奇案，還有言情小說、都會日記、音樂、富豪列傳……百貨應百客，啊怎麼可以忘記辭源辭海字典，書山書海。

恐怕新書發佈過後三小時，已經淡出，但，為什麼至今仍然有人記得衛斯理？因為讀者呀，可敬可畏的讀者群，不知怎地，總能在芸芸眾書中找到他們所需，不離不棄，這裏邊，好似有個教訓可是，不過，最主要的是，出版社從來沒有這種宣傳預算。

打書釘

至今，一有時間，便同老伴說：「去打書釘」，到了書店，找個角落位置，坐下，翻閱諸新作。

書店寬敞，職員友善，設咖啡店，糕點香聞十里，深深嗅一下，消磨大半小時。

品味高下立分，一味找歐陸時裝、裸女雜誌瀏覽，與老伴的建築文摘等恰恰相反，一日，故作高級，翻閱最新飢餓遊戲小說

書店並沒有為諾獎得主愛麗絲蒙羅做個專櫃，一天，在日本小館看

到瑪嘉麗艾特活，連忙與女兒上前，深深鞠躬，「女士」，正讀她活潑的短文《如何寫愛情小說》。

至於揚馬爹《派的生命》，那也是初中課本，閱後，只得說作者指世界如芥子。

打完書釘，選一本英國刁陀皇朝歷史，五元再打七折，圖文並茂，準備在車上等人時看。

然後，唉，還是得生活，到商場樓上華人超級市場買菜，挑大顆冬筍，烤豬肉吃，啊，若要不瘦又不俗，日日竹筍烤豬肉。

手袋裏還有一本三吋乘四吋的《大亨小傳》，有精緻硬皮封套，隨時取出，扉頁說：「我爸講，不要怪一些人行差踏錯，他們只是不如我等幸運。」

山

家母自滬南下，落腳香港，忽然見到險峻高山就在眼前，嚇一大跳，十分不習慣，後又見大海，更加納罕。

在香港長大的人，對於山同水，習以為常，真是幸福，近水的人多數聰敏，世上各大海港，列國船隊來往不絕帶來不同文化、用品、食物……居民見多識廣，眼界不同。

赴英讀書那幾年住曼城，山呢，水呢，忽然苦悶，說不出地想念維多利亞港及天星小輪。

然後再移居溫埠，大山就在眼前，冬日積雪，美不勝收，又有海港，大郵輪緩緩駛過橋底，直到九月底，前往阿拉斯加觀光。

並不記得上海，兄弟返鄉，回來只說：房子、弄堂、高牆，都沒有想像中大，明報記者先生替衛兄拍攝故居，把照片也送我一套，法國美術式裝飾依然在，少年子弟江湖老。

女兒幼時彈小提琴，有一首伴唱歌叫「雪山雪山高，當你登上雪山請抬頭高聲唱：『呵呵呵呵，君還記得我否，呵呵呵呵君還記得我否』」異常淒清，不似兒歌，山的意思本如此。

西遊

整部《西遊記》裏，只有唐僧一個是人，其餘都是妖怪，會得幻化成人形，方便行事。

全靠悟空識破，才會有三打白骨精這種情節發生，這真是社會寫真，人人都指對方是妖精，他才是無辜人類，叫無良、殘忍、兇悍的妖精矇了去，天無眼之類。

初閱西遊，總覺得唐僧命苦：這麼多妖精，九九八十一劫，沒完沒了，其實你不喜歡的人，或也不喜歡你的人，全可歸入妖怪類，漂亮聰明的女子一定是狐狸精，只有佛祖的金剛鉢可逼使伊們露出原形，大快人心。

猴子多重身份，確實精彩，他本是花果山猴王，逍遙快活，後來，到天庭做了小小豆官弼馬溫，接着，大鬧天宮，封作齊天大聖，這時最神氣，穿銀甲，戴羽冠，無奈好景不長，終需西征，更名悟空，又叫行者，他是行腳僧嘛，最終修成正果，立地成佛。

一個角色，那麼多精彩遭遇與身份，令讀者想起一個人，《鹿鼎記》裏韋小寶是也。

英劇

內地記者這樣評分：英劇＞美劇＞港劇＞中劇。

觀眾不禁莞爾。

喜觀英劇，那低調喃喃不住說白，不大有事情發生，隔4分鐘再看也不會有任何失落……有什麼好看？《唐頓莊園》感情層次深邃，人物栩栩如生，緩緩進入觀眾心扉，四輯下來，難捨難分。當然，它還遠遠不及《故園風雨後》，也比不上今日的《急召助產士》，這齣半小時劇集描述二次大戰後民生困苦，但國民莊敬自強，嬰兒照樣在豬欄一邊生下來。還有《福耶的戰事》，一名警探在大戰時期努力緝捕兇犯，多餘！國家都快不保，還捉拿誰，案情與戰爭又有千絲萬縷關係。

美劇也不是沒有佳作，《廣告狂人》頭十集叫人肅然起敬，驚訝「寫得這麼好」！

只怕貨比貨，狄更斯小說的大背景固然感人，但不及雨果，因為法國人有浪漫悲愴的感情夾雜大時代的無奈，但托爾斯泰又更加成功，他寫的盡是纏綿瘋狂的愛慾，把世上其餘一切如國與家，戰爭及和平全撇腦後。

那麼多佳作，觀眾與讀者真幸福。

糖果

《明周》總是不惜工本做些賺人熱淚的事。

那一日，打開畫報，看到專輯內一幀小小複印廣告，只兩吋乘吋半，立刻呆住，閱上邊小字，忽然雙眼模糊，鼻子發酸。

那是一則糖果廣告，黑白圖上有一盒長方形糖盒：老少咸宜，卡路朱古力，總代理：好時洋行，記者註：六七十年代香港陸續出現過牌子不同的朱古力，好些今天已經找不到。

原來是真的，記憶已經極淡，家父年輕的時候，曾在一間好時洋行工作，年終，會帶回一盒卡路朱克力，許是公司給職員的禮物，只記得那小小銀紙包裹黑色糖果全世界最香最甜，無糖能及。

事過情遷，滿以為只是一抹記憶，而寫作人的記憶又最不可靠，沒想到驀然看到實實在在證據，雙手都顫抖，剪下貼在日記本上。

又有一期，周刊圖文並茂，國家地理雜誌般寫寧波，那是故鄉，致使看了又看，整本存起。但是，我從未踏足寧波，還可以控制情緒。

這次叫人呆足整天。

公海

「少年便出來走公海……」

公海，指地圖上不屬於任何國家的海域，法律去不到，海盜出沒，機槍嘭嘭，生死由天，兇險淒厲，走公海，憑一己機智運氣。

在運輸署做過一段日子，知道馬路上的綠色小巴，領有牌照，走指定路線，收規定車資，而紅色小巴，則俗稱走公海，路線任由司機個人編排，哪裏旺哪裏去，大風橫雨，公路車出毛病時，大可坐地起價，這叫走公海。

粵語之精湛，可見一斑。

走公海是否全無好處，倒也不是，有危即有機，頭子活絡，總可在夾縫裏遊走，進退得宜，找到生活，得以生存。

江湖當然有守則，像切勿損人不利己，還有，不可設計害人，當然，最重要的是，得些好意需回頭，即有風不可駛盡帆，以及和氣生財。

沒淹死，也就學會游泳。

有些經驗之後，看人看事都有點準繩：「這回某人必死無疑」，「這樣做就對了」，「天份所限，徒呼荷荷」……

海明威

海明威是大文豪，恃才傲物，目空一切，他是硬漢子，挺看不起婆婆媽媽卿卿我我之作，像同期文人費茲哲羅之流。

直至他讀過《大亨小傳》，這樣講：「有才情寫得出該書的作者，值得尊敬。」

中學讀文學，時有compare and contrast這種題目，怎麼比較海明威的粗獷與費茲哲羅的陰柔呢，煞費心思。

然而，兩個人作品對得不到遺憾卻極之相似，且看老人的那條大魚，與蓋斯比的黛茜，都是虛話，始終叫當事人意難平，但這方面，費茲哲羅的確寫得比海明威好，老人實在太過着意掙扎，最終他還活着，而蓋斯比自以為終於獲得命運青睞，含笑而終。

意境有些分別。

生命種種徒勞無功，一切虛無，在《凱利愛乍路之雪》可以讀到，海明威的同文常批評他是惡棍：酗酒、好色，但是，寫得出那樣作品的人，也值得尊敬。

到最後，人去，文字長存。

做顏色

染髮，現在叫做顏色。

華裔當然是白染黑，目的為看上去年輕一些，整潔點，方便繼續找生活。

漸漸發覺有其他顏色可增加樂趣，年輕男女索性染棕、紅、金，甚至藍與紫，好看與否，是十分私人問題。

一些少女，每週換一種顏色，大抵也是慰寂寥之舉，預言她們會在三十歲之前禿頂。

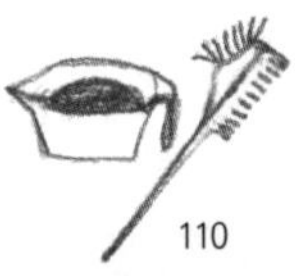

女友說，黑髮部份轉白，染上棕紅，新長出髮根又是黑白兩色，一個頭三種顏色，為難。

頭髮要做得美觀，需極大時間精力，但凡五十以上，大概都要做顏色了，這時不得不承認，男人白髮比女子好看，不過也得仔細打理。

湯默斯曼寫《死在威尼斯》，年老的艾森培一日在沙灘見到美少年鐵茲柯，對自身逝去青春悲慟不已，他染黑頭髮，也坐沙灘，不久出汗，黑色染料淒涼可笑地融解滴下脖子。

今日的染髮劑非常牢靠，絕對不會發生那種事，而且，一瓶染劑自動分三種深淺光澤，比真髮還要漂亮。

鬥氣

從前，最怕兵荒馬亂，生活不得安靜之際，還要寫稿，苦惱得想哭，怎樣才可以鎮定下來走入創作世界呢，氣得不得了。

現在，覺得寫作是安全地，拿起筆，走進去，寫它一兩千字，情緒漸漸平穩，努力與故事人物打成一片，忙着替他們安排不同遭遇，對白，鋪排情節。

很快心平氣和，抬頭一看，三兩個小時已經過去，一日功課也已完成，這時，寫作不但是職業，也是safe haven，避風港。

動氣之際最不妥當是亂說話，越講越錯，聲音越大，委屈苦水一籮籮，一發不可收拾，變成吵相罵。

散步也是好辦法，開門出去，不管早上黃昏，陰雨或大太陽，暫時離開是非，與鄰居的小狗打招呼，看看整條街有多少間新屋，然後才回轉。

《紅樓夢》裏探春說：「姨娘也太會動氣了」，這一回叫「愚婦爭閒氣辱親女」。

現代人最會得自欺欺人的本事，是佯裝快樂不知時日過，像煞不知還有多少日子可以鬧情緒，爭閒氣。

族裔節日

夏季，溫埠最多各式各樣族裔節日，這是一個移民國家，一間中學學生來自四十八個國家。本來，族裔聚會是小圈子活動，但不，他們選戶外場地，而且準備大量特色美食。

居民愛熱鬧，而且嗜吃，於是扶老攜幼，嘩，好吃，好玩，於是高興參與。見台上表演舞蹈，孩子們上去一起跳，散場，以為是土耳其，因為烤肉串美味無比，原來是希臘。

舞獅舞龍打功夫最受歡迎，洋童在吃地方食物，記者問：「你知道是什麼？」

「是糯米大腸」，他知道。

不久，眾種裔混得爛熟。

最喜歡的夏日公眾活動是高桅帆船展覽，與飛機花式表演，真嘆為觀止。還有嚐酒節，五塊錢可以喝四杯不同的葡萄酒，配附近沙灘燒烤鮭魚節等。

上街走一走，總有好節目，像臘腸犬競走比賽，這種狗四腳短，跑起來夠趣怪，歡迎市民攜犬參加，觀眾往往笑得翻倒。

八十歲還看

友人看到漂亮男子總是行注目禮，一次，在餐廳等位遇見美少年，一邊微笑一邊欣賞，終於年輕人也忍不住回笑。

不好意思吧，她不以為然，「到八十歲還要看，眼睛糖果，賞心悅目。」

看嬰兒也一樣，還有美少女，百看不厭：世上竟有如此漂亮的人！

特別欣賞藍領：伐木工人、消防員、建築員工，一臉亮晶晶汗水，滿身朝氣，歡歡喜喜用勞力及技術換取生活。

一次，少女拉着門讓後人走過，忍不住稱讚：「謝謝全市最漂亮少女替我服務。」

某時裝店換季之際，擠滿愛美女子，又說：「全市最好看女性都在這裏了。」聽她們鶯聲嚦嚦、爭議、試身，也是樂趣，花魁穿白色襯衫、短褲，腕戴男朋友黃金勞力士，標致之極。

當然，他們像我們年輕時一樣，已經淒涼知道這些好日子剎那飛逝，三五七年青春一過，便是漫長枯燥的中老年。

寂寞的心

像賈斯汀比巴那樣的少男歌星，是很可愛，討人歡喜，音色也不錯，新聞多多，呵，沒有宣傳是壞宣傳呢，名氣炙熱。

但，在舞台上哼幾句，扭一下身體，彷彿很有情意地哼：「Baby Baby」，就年入十億美元，卻真正不可思議。

那是小國家一年的國民總收入呀。

是什麼造就這種現象。

照觀察，源自富庶國家女孩寂寞的心，找到偶像了，盡情奉獻，造成異象。

人心寂寞淒酸，科技越是發達，胸中空間越大，幾乎不可彌補，故拜膜偶像，聊勝於無，況且，這是一個有血有肉，年齡與她們相仿，一般驕縱壞脾氣的匹諾奇奧。

中年友人一聽到聖母頌琴聲奏起，便淚如雨下，你聽到奇異恩典會否心酸，同樣道理，披頭四的歌愛倫娜列比，開頭便説：「這麼些寂寞的人，他們來自何處，這麼多寂寞的人，他們屬於哪裏。」

寂寞到無邊無涯，只得一人躲起。

勉強

他不會勉強自身應酬。

她才不願為五斗米折腰。

當然，如果是超蓮，什麼也不必勉強。

否則，總要衡量事態輕重，做出適當取捨，有得必有失，切勿意氣用事。

完全忠於自我，一生不負責任，不肯吃苦，動輒拍案而起，稍微不高興，不願勉強，與全世界為敵。然後，到了中年，怨聲載道，全是社會的錯，嘆懷才不遇。

人性天生愛玩，可是若不是每日勉強早起上班，月終何來薪酬。與討厭的某人相遇，不勉強笑着招呼，難道還撲上賞他兩巴掌乎。

勉強是生活中一定會發生的事，許多圓滑的成功人士真是一邊笑一邊可以說話。

快快勉強起來，努力賺取生活所需，稍後為自己贖身，那麼，日後獲得自由，才可以不必勉強！「什麼？我沒看見，也沒聽見，更無發表意見。」

羞

最討厭看到專欄作者如此聲明：上期專欄中某個字，不可以改動，這字我花不知多少心血鑽研得來，一改掉全文遜色……

字字珠璣，一改之下，天崩地裂，地球不可收拾。

自愛是好事，自戀則不必，周刊每期數十萬字，編輯看到眼花，那字如真那麼重要，用紅筆圈出，再寫一遍，那麼，別人也就明白，會得垂注，不必下期澄清，特地斥責人家改錯一字，那個字，對忙得吃飯功夫也無的編輯部，也就是一個字，阿叔，如果閣下真認為那是你生命中最重要一字，鑲起，裱妥，掛在廳堂，不就行了，不用嚷嚷，當然是別人才疏學淺，閣下學問精湛，毋須計較。

也有作者更正指出：「上期……」，誰還記得上期之事，唉，作者刻骨銘心，讀者過眼雲煙，這點道理都不明，如何寫作。

寫的時間盡了興，已是享受，之後，文字走到有多遠，全是天意，半點不由作者。

醜

還有更討厭的事是聽見一些作者抱怨：「他們只給我幾千元……」價格，要事先標明：「每個字一美元，空格、標點在內，稿酬先惠」，或「全篇贈送，報答知遇之恩」。

什麼都事先說個明明白白，什麼叫心照？照你個頭，我心照明月，明月照溝渠，事前故作大方，嘴角含春，以為鴻鵠已至，提這個錢字十分猥瑣，非文學家所為，事後又抱怨至死，他又一次為奸人所害。

況且，事先也不徵詢行家意見，是怕人妒忌吧，也怕人沾光，事後

「他們只給我數千元……」怎麼辦呢，是要友人把那出版社揪出打一頓嗎，到那種時候，還尚自命清高，想找打手。

醜態看得多，只覺不可理喻，事先「我們不講錢」，事後「叫壞人蒙了去」，嚕裏嚕嶐，終其一生寫作事業。

性格控制命運，信焉。

啊，還有，閣下稿質如何？

相敬

封面改五次！

據說有作者不滿出版社設計，改了五次，還嘖嘖聲刁難。遇到這種神經病，只好叫他走路，還合作來幹什麼，銷一百萬本也只好放棄。

從來，自古至今，都沒有對書本封面發表過任何一絲半點意見，一貫等收到新書，見到封面標致，才有意外之喜。

那是人家專業人士創作，完全是另一領域，作者至多第一次開會時表示某些意見，餘者，不必勞心，寫字的人專心寫字為上。

封面是包裝，浮華商業社會不可輕視，但內容也重要是不是。

書本尺寸大小、內裏如何排字，怎樣宣傳、何種售價，印多少冊，甚至何時出版，都與寫作無關，全非作者責任，如要作者參與經過，另外要付薪酬。

又切忌時時往出版社坐着打交道，那是人家辦公嚴肅地方，不是咖啡廳，說三道四，並無益處。

經驗明確顯示，相敬如賓，閒話少說，才能維持關係持久。

鮟鱇魚

第一次接觸這種怪魚，是在兒童樂園，鮟鱇魚是Anglerfish，釣魚郎的意思，牠長得像一大塊陋醜石頭，巨嘴，起角，頭頂有一觸鬚彎下，頂尖會發亮，正像魚竿，引小魚游近，吞噬。

據蔡瀾說，牠的肝最美味，是日本人的美食。

鮟鱇魚雌魚比雄魚大很多，雄魚往往用吸盤黏在伴侶身側，長遠不離，漸漸血脈相通，直接吸收營養血液。

真是奇得不能再奇。

人類關係也一樣，伴侶在一起，很快變成同榮共衰，無分彼此，簡直相依為命二人三足，一屍兩命。

又像植物接枝法，紅白兩種櫻花接駁，一邊開紅花，另一邊開白花，煞是好看。

深海最多怪魚，日照不到，有些沒有眼睛，多數沒有顏色，潛在數千呎水底過活，相信牠們悠然自得，不覺絲毫損失。

蘇格蘭有尼斯湖水怪，加國也有奧哥普哥，都有人發誓見過真相，自家的海底，需要探索之處達總面積75%。

聽說國內海洋學家努力探測瑪麗安娜海峽。

玩具

ＪＪ愛勃倫最新科幻電視劇《西方世界》引人入勝，看了三集，不禁莞爾，還不就是衛斯理故事《玩具》嗎，正如小女所說：「沒有什麼科幻故事是衛舅還沒有說過的。」

背景在一個西部世界，牛仔、劫匪、平民、酒吧間、歌舞女郎，全是機械人，每天扮演大同小異的故事，吸引觀光客，他們才是真人，可任意殺人放火，毫無罪責。

日後，這班玩具機械人厭倦任人擺佈生活，造反了，到最後，大概像衛斯理說的，人變成玩具，機械成為主人，以彼之道，還諸彼身。

最近，天文物理專家發覺三十億光年（！）以外一顆恒星彷彿有電波傳訊，也許，那電波已是他們真身，他們早進化至淘汰麻煩的肉體，往來自由，沒有負累。

還有，要珍惜玩具，它們見證了閣下童年酸甜苦辣，以及成長過程。

藏有一隻十二歲那年衛兄送的人形玩偶，小女也只見過一次，打開軟紙時小心翼翼，生怕進一步損壞，幾乎要戴上白手套才敢觸摸。

那缽黃粱

古時，一個書生趕路上京考試，經過小客棧，累極，入內休息，看到小伙計正淘洗黃粱準備煮粥，書生伏桌上盹着。

他做夢了。

夢見考試高中，長輩爭着把美女嫁他，他飛黃騰達，步步高升，名利雙收，位極人臣，又子孫滿堂，真是富貴榮華，天天笑得合不攏嘴。

忽然，如迅雷不及掩耳，他失卻皇上恩寵，抄家被囚，變得一無所有，充軍之際，倒在道旁。

書生驚醒，一身冷汗，啊，幸虧只是一場夢，轉身一看，小伙計煮的那鍋黃粱，尚未熟透，連一頓飯的時間都未過。

書生有頓悟，他沒有繼續趕路，他迷途知返，折回家鄉，耕田去了。

時間飛逝，種種經歷，飛逝而過，夢境與現實，所差並非許多。

在兒童樂園讀這故事，十歲八歲，已有感覺：要做的事總得做妥，可是，也不必太熱情了，因為，是非成敗轉頭空，幾度夕陽紅。

域多利

BBC鉅製維多利亞女皇劇集，據說道具部燃點了一萬八千餘支蠟燭，光與影美不勝收。

演域多利的是一身高五呎一吋圓臉少女，十分傳神，阿爾拔王子英軒俊朗，這是史實，二人實是表兄妹，自小認識，長大之後，她對他並無好感，因為眾人都說，這德國人是次子，並無繼承權，生母早被逐出宮門。

阿爾拔除非得到域多利提婚，並無出路，情況與愛丁堡公爵一模一

樣。

這小子也很有一手，此段亦係史實：舞會中，域多利給他一朵花，他二話不說，自靴統中抽出一把匕首，割開襯衫，嚴肅地把花朵收入胸懷，十八歲女皇感動震撼得瞠目結舌。這也不是編出來的，現場有目擊證人。

皇位如何會落在域多利身上，又是另外一個有趣辛酸故事，她的命運已勝過伊利沙伯一世多多，而伊利沙伯二世，堪稱一帆風順。

真喜歡BBC劇集，場景一半是白金漢宮美奐美輪搭景，另一半，是狄更斯筆下妙手道者的世界，強烈對比。

離地

堅離地的上佳例子：十六世紀意大利文藝復興時期，歌詩舞麥迪西大公建造烏菲茲辦公廳，設計一條廊橋，連接烏菲茲與寓所佩蒂皇宮，往返不必經過街道，以示尊貴。

離地，不表示對平民階層缺乏認識，而是知道有那麼一個階層，卻深切認為與之無關，不加瞭解理會。

正如倪匡所說，土，不表示沒有知識，而是假裝有知識。

學海無涯，不知道某一階層文化純屬平常，不過從前有一句荒謬無稽的「我的中文不大好」，貽笑大方至今，堪稱離地表表者。

還有影評人至今念念不忘「去年在馬倫伯」，喂，阿玉都拿下柏林與威尼斯影后，子怡已坐在評判桌上，為什麼不研究伊們成績。

某報每日維持離地副刊一整版，有時兩大頁，有編輯嘆氣：「與讀者越離越遠」，所刊登的也並非陽春白雪，而是只有作者專注的題目。

有時又彩色介紹本季華服，標價由一萬美元起，這，離地去到箱兜宮。

英皇查理斯三世

初看劇名，莫名其妙：何來查理斯三世？歷史並無此君；看下去，忽然明白，指的是查理斯儲君在伊利沙伯二世辭世之後登基的名號。

整套劇是假設性預言，卻用真實人物與真名真景，並非影射；英倫言論自由達此程度，匪夷所思，叫外國觀眾驚訝。

話說查理斯三世即位後忽然動念欲恢復君主集權，遭到首相、兩院、百姓反對，威廉與哈利兩兄弟逼宮，查理斯三世落台。

戲中還穿插戴妃幽靈，在宮中隱約穿白衫戴珠鏈溫婉出現，輕輕說：「威廉……」襯着天主教僧侶晚禱吟唱，觀眾毛骨悚然，是的，戴妃何嘗離開過。

整套劇悲哀氣氛去到莎劇水準，查理斯似麥克佩斯，威廉似漢姆烈特，而查理斯與戴安娜的故事，是第五大悲劇。

戲中的凱特王妃與首相顯然是實事求是的反派，威廉軟弱無能，口口聲聲「我不能背叛父親」，結果還是王袍加身，查理斯自肯德巴利大主教手中奪過皇冠，親手放在威廉頭上……這樣情節都能上映，偉哉。

架樑

這個詞，還真不容易以白話文解釋。

像說「該宗事你做錯了」，這便是架樑行為，或是「給我面子，就如此這般算數」，說類此話的人，不知怎地，江湖味十足，覺得自身有地位，他一開口，別人便得乖乖順從。

心理上人人愛做大哥大姐，閒話一句，舉足輕重，不給面子的話，後患無窮，像時時有人致電出版社提供秘聞，皆因當事人拒絕臣服，因而結怨。

最討厭聯群結黨，綑綁成一紮製成勢力，要是做個體戶不能出名，那就做一個不出名的寫作人好了，何必強人所難。

一次出版社擲下鞋盒那樣大小的書本，自己名字赫然遭人研究，這是天大的面子抑或是知識產權受到侵佔？記憶中從未簽過名字同意，喂，這樣做合理嗎？

還有比這更離譜的是請提供現金共享榮華，開門見山說「燃眉之急」……

於是有架樑出來月旦：不近人情，高自標置，唉，與民同樂，是要付出極大代價。

會堂

央視新聞節目時常出現各座會堂，一座比一座壯觀華麗。人民大會堂最宏觀：全廳無柱，大得驚人，隨時坐一萬幾千人，座位排成∩形，裝修品味已不重要，莊嚴、宏偉。

小一點的會議室約莫千餘平方尺，全部鋪設度身定做美術式地毯，正面牆上，都是齊天花板國畫大風景圖，主題是多嬌江山，筆觸磅礴淋漓，西式座椅，寬身舒適。

看多了，只覺得西方各國政要開會之處，均似沙甸魚罐：密密擠着坐，肩擦肩，一次加國總理匆忙間差些撞倒女議員，之後道歉三次。

英上議院四周邊梯級極陡，一級級，上落非得小心不可，坐滿滿，據說國會再不大肆維修，快要塌下。

一個國家的會議廳可重要？這是相貌，登樣為上，一日看到新蓋的金柱廳，嘆息一聲，不久之前，黑白新聞片看到開會只由青衫員工取出藤椅子一張張排好。

最漂亮是一座鮮紅色圓形大廳，地毯牆壁全紅，並無任何裝飾，花束畫作家具欠奉，就那樣站着議事。

會議廳全無窗戶，想是為着保安原故。

麥斯克

伊朗麥斯克四十五歲，持美加雙重國籍，在南非出生，他就是那個發誓要研發火星之旅的實業家。

比較低一級的發明，便是受歡迎的鐵斯拉電動汽車，還有，載平民宇航的太空×公司，像在杜拜建造真空管內行駛的快速列車，還有，可回收再用火箭。

他像衛斯理筆下傳奇人物雲四風，鋒頭之勁，勝過維珍主人李察布蘭臣。

江山一代代有這樣怪人出現，麥斯克時時對小國元首說：「一年內便可以把貴國財經擺平。」不過至今還沒有國家邀請他出任財經部長。

本來男子最忌如此荒誕囂張，但是題目做得那樣大，人人拭目以待，又不覺難看。

沒人知道為什麼選火星，許要與美宇航署競賽，據說已有不少富商投資，打算前往探險。

他的鐵斯拉無人駕駛車引致平治在廣告上說：我們在三十年前已研發……並以紀錄片為證，看到房車自動平行泊車，心嚮往之。

科學萬歲。

勤有功

勤有功，戲無益這六字通常聯在一起說，許多人認為戲指整天沉迷吃喝玩樂、玩物喪志、荒廢工作，因此沒有好結果。

戲也許只是一種態度，這個人，他不是不上班，他也有職業，可是他不認真，一副大才小用姿態，對同事無禮，不守行規，有客欺客，無客怨客，吊兒郎當，時時揚言薪酬不夠他買一隻鞋，這不是嬉戲又是什麼。

職場不是遊樂場，個人情緒需略作收斂，耀武揚威吹水固然討厭，有人更甚，一味訴苦，全世界都是沒有良心的宵小，他像文生梵高，去錯世界，高不成低不就，這難道又不是嬉戲。

事到如今，社會已很明白，並無懷才不遇這件事，社會不欣賞那人，乃因那人的才幹尚未及社會所設標準，認為社會沒有標準，又何嘗不是嬉戲。

中學老師說：學生的報告，要有wow factor，即是叫人嘩一聲驚艷，要求越來越高，能不用功賣力乎。

故云，勤有功，戲無益，吃頓飯，看場戲，到兩極旅遊，不在此內。

消費

約會，稱讚女友：「居然還秀髮如雲。」女友笑答：「洗染剪盛惠三百五十元。」

剛巧看同文寫：「到了年紀，光是打扮得整齊體面，要花多少時間心思。」再正確沒有，廿一歲之後，沒有什麼是偶然發生。

一次，另一較年輕女士說：「年紀大了不用花錢。」大家笑得翻倒，身為長輩，不請吃請喝，小輩會赴約？還有，光是吃保健藥物，平均一元一顆，記者調查所得，經濟拮据老人，服藥後就吃不飽飯。

志同道合一班友人，一早約好，必定要保持整潔：每日洗頭沐浴，更換衣裳，每季物色適當新出衣着鞋襪，決不落伍，與小的們喝茶，堅持付賬。

還有，絕不訴苦：「我很老很老了。」關別人什麼事，不高興不要出來，不發一言，拒絕應酬。

不但人身，家居也得打掃、剪草，不可露出絲毫衰敗之意，活着，要有活着的樣子。

毋須奢侈，但求愜意，退休後睡到八點多起來吃早餐讀報紙，打一個呵欠，再睡個多小時才與世界通消息。

還正是消費之際。

歸家

紀錄片所見，歐洲各國仍努力在戰場發掘一次大戰陣亡戰士遺骸，迄今已百多年，重災區如索姆與柏辛黛戰壕仍埋白骨，一隻水壺、一枚鈕扣，經過稽查，均可找到姓名、軍階以及國籍，送他們回家正式埋葬。

這叫人想起「可憐無定河邊骨，猶是春閨夢裏人」，如今，思念悲痛他們的人，也全不在世上，他們葬身之處，藍天白雲，綠草如茵，樹影婆娑，一地血紅罌粟，並不見創傷。

忽有一想法：就讓伊們長眠為國家捐軀之地，與隊友一起安息，與天地同壽，有何不可，不必再勞動他們了。

一直認為，如果可以把加國太平洋鐵路沿軌華工骸骨全部發掘送返，那將是最浩大歸家工程。但是，這班年輕人無名、無籍，沒有記錄，何處是家，不如就此安息，每列經過火車，都向他們致敬，政府已道歉，認同他們功績，應當無憾。

只不過，倘若有知，見今天華裔青年，駕法拉利在市內呼嘯而過，應當有點感觸吧。

前人種樹後人乘涼，這可是因果。

強加推廣

自我宣傳推廣不可為。

第一步，當然是「兄弟慢打鑼」，怕人單力薄，找來一班死黨，敲響鑼鼓，大喊大跳，結果，嚇壞旁人，尤其是華裔根據地，講的仍是含蓄收斂，自吹自擂反效果後患無窮。

此時，若干缺乏自知之明人士，會得變本加厲，歇斯底里，自言自語硬銷。

到了第三步驟，已似失心瘋，唱蓮花落一般念念有詞，再下去，保不定變成啾啾鬼夜哭。

宣傳勁烈如電影，靠的還是口碑，每一行業，都是行家數十年功力所聚，非同小可，並非三兩下手腳便可上位。

金庸那樣著名，他寫了多久？他也逐年進步，有代表作，也有不大受歡迎作品，《連城訣》、《碧血劍》，始終不像射鵰與神鵰那樣炙熱，公眾也作出適當選擇。

坐寫字間、或做地盤，均需維持一定自尊，這些年，從未見強加推銷而成功者，比起前些日子手法淒厲的會家，任何硬銷均小巫見大巫，他們也無得益。

旅遊

少年，盼望旅遊，最嚮往巴黎，然後是里奧熱內盧，對北美洲不感興趣。想像中，最好抽出數年，在歐洲所有國家住上半年或是三個月，然後，挑最喜歡的地方留下讀書。

這當然是奢望，不但需要勇氣，還要巨大資金支撐。

後來也走了一些地方，已經意興闌珊：「去吧，不去就永遠沒有機會力氣了。」勉力而為，不過，到達翡冷翠與聖馬連奴還是很開心。

一次與家人說，去過龐貝看維蘇威火山噴發遺跡，有何益處，不知道，日後的話題吧。

一直怕乘長途飛機，今日，失卻郵輪興趣：關一間房間，海天一色，自早到夜吃食，每停一站，匆匆忙忙，其實是力氣不足，試想想，從太平洋一邊駛到太平洋另一端……

伊朗麥斯克要帶遊客往太空，據說看到整個蔚藍色地球浮在半空，實為奇觀中奇觀。

今日，旅遊的條件是，當地人少，天氣和暖，空氣清新，物價尚可，何處？大概是家裏。

最喜翻閱靖弟與敏儀護照，各國印鑑，密密麻麻，壯觀。

長者

懂得侍候看護長者嗎，快點學習，需要極大耐心、愛心、力氣、力量，是一項挑戰。

衣食住行都要改變方向，其實，煙、酒、汽水、飲宴，都在中年已經必須戒絕，未能豁達地視死如歸？非也，怕的是各式各樣怪病，連累家人，那才痛苦萬分。

故此要妥善溫言開導：退一步想，海闊天空，樂得自在，毋須固執，隨和一點，學習心平氣和，達到目的為止。

能忘的全體忘記，不好忘的也丟到一旁，喂，你這個人，你的思維，你的看法，在指日可待某一天，都會消失無影，是非成敗，統統成空，放寬些。

處理好長者衣服鞋襪，天天換洗，不可殘舊，這時不穿凱斯咪純棉紗還待何時，斷不可以有口氣或體臭，有始有終，維持一定水準。

噫，這長者是什麼人，為何要如此小心翼翼看待，啊，這正是你與我自身呀。

恐怖經驗

七三至七六年在英國曼徹斯特，北愛爾蘭共和軍肆虐，炸彈處處，校方增加保安，每個學生派一張證件，校門有警察駐守。

證件上得貼上照片，以示正身，當時時間與金錢均窘逼無比，什麼地方找近照？

正頭痛，《姐妹畫報》寄到，萬幸裏頭有一張照片，趕緊剪下貼上，檢查時年輕女警說：「奇怪，明明是你本人，但這不是一張照片。」也獲得通行。

後來，帶着這張學生證往巴黎、羅馬，博物館入場費均獲半價，派上用場。

「害怕嗎」，香港也曾菠蘿滿地，一個人的膽識，就如此練出。

若干唐人街子弟，趁機從軍，原來三年之後退役，可申請開酒館執照，是一項極佳營生。

記得弟説過，「最整齊禮貌的是軍人，最邋遢是大學生。」

幾乎每朝報紙都刊登新芬黨魁謝利愛登斯照片，心想，如此英軒的恐怖分子！

近日，他已一頭白髮，竟警告北愛小心勿與英揆合作，真是世情多變幻，唉，I wasn't really there。

結婚

為什麼想結婚。

愛一個人毋須結婚，過一日算一日，快活即可，今日女性不但有工作，且有事業，根本不會為着生活結婚。

一位女友這樣說：一日回家，甫下車便有男人上前搭訕，滿口胡言，謊話接謊話，她欲避不能，沉默往家門走，怎料那人跟上，幸虧這時，一聲吆喝，把他止住，原來是好心男鄰居路見不平。

從那時開始，她便想結婚，並且願意在磨合方面作出努力。

又有一位友人說：「一份報紙兩人看比較有趣。」

提醒她：「他並不幫得了你什麼，路，還是你雙腳走下去。」

彼此無力互揹，但互相抱怨也可解悶，路彷彿近一些。

已婚三十多年的會說：「到底過年大節可以半夜把他推醒：『對不起，我吐血，請送我到急症室』。」

就為這些了。

淒苦人生，任何些微解救都可救賤命。

一些不喜應酬的人，多苦也得結婚，否則就如單獨囚室關禁。

樸素

至今，每次走進童裝店，都嚷嚷：「這件珠片T恤多麼可愛，銀色涼鞋永久流行，粉紅蝴蝶結頭箍才美着呢……」

一次，女兒忽然說：「真得多謝你不強迫我穿該種衣飾，我知你喜歡娃娃裝到不行，但是，沒把愛好加諸我身，算是難得，欠你一個。」

忽然之間，覺得驕傲，總算有人賞識，小女自幼不喜嬌色，只挑藍白灰，連髮夾都選黑色，從未燙髮，亦不穿耳孔，視作一種刑罰。

看到別人打扮得花枝招展，便說：「Bimbette。」

凡是與眾不同，力抗洪流的人當然吃苦。

家中沒有高跟鞋，幸虧流行球鞋，與女式牛津鞋，才不致沒鞋穿。

北國打扮比較自由，帽斗風衣、牛仔褲，全年過渡，下雪，加件泡泡衣。

一次，一位香港來劉太太問：「為何穿得如此樸素。」

笑答：「她們眼中，紅色之類是伯母與阿姨的夜總會顏色，勉強不來。」

真好。

侵犯

十七歲入行，身邊統統是大人，有些且已經四五十歲，彼時，少年同事，全被他們當作學徒看待，沒叫你斟茶掃地，已算客氣，偶然有興致，作弄少年人，視作等閒——「教你，可知道？」

自然吃不少苦頭，可是，也學會不少，只要他們所做，我等不做，已經成功一半。

有次被傳去吃飯，吃到一半，忽然有人帶頭站起大喊「主席萬歲」，事先毫無警示，喂，這樣被蒙，實不甘心。當時風頭火勢，事情可大可小，為之氣結，銘記至今。

這還不算淒涼，最腌臢之處，是年輕女子在上世紀到社會找生活，一定遇見猥瑣之徒，無時不刻不想找些因頭吃豆腐埸便宜，一直想用什麼挑起女性裙腳探一探。

還有前輩來電：「我與舍友在天香樓吃飯，兩個男人沒意思，你出來一下。」嗄!?沒齒難忘。

政府機關有女同事第一天上班便被洋上司約會到酒吧間，婉拒，第二天便被調職。

可否揭露？那要看該份工作當時對那女子有多重要了。

則則都是小說題材。

切開

新聞紀錄片：連着頭頂的孖仔，接受分體手術。

醫生做許多3D打印模型：如何切割，在何處下刀，研究整年。

數十名醫護人員擠在手術室分更進行，注射麻醉劑時只需一嬰刺針，因為血液循環二體，觀眾看得頭皮發麻。

手術進行十六小時，主診老醫相貌如《魔戒》中甘道夫，做到一半，發覺腦部不夠分配，採取緊急措施，險象環生。

終於分割成功，眾人鼓掌。

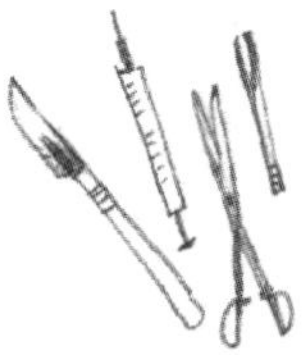

可是，康復是更加困難一步。

其中一嬰發燒嘔吐，急救。

從來未曾站立，四條小腿軟弱無力。

不願説話，食慾不振。

醫生擔足心事。

一日，近距離探視，嬰兒忽然對他吐舌頭做鬼臉表示吃足苦頭，醫生大笑，知道手術成功。

這兩個孩子，頭頂疤痕纍纍，如BB科學怪人。其實，父母一早知道他們連體，但堅持生下，不止一宗案例如此。

北上

都幾乎蜂擁北上。

若干已在北京、上海等大都市住上好幾年，一些頻頻往返出席學術交流會議，說着流利或是彆扭普通話，接受訪問，談港陸兩地文字同異。

潮流自廿年前開始的吧，比其他行業，回歸較遲，真是奇怪，連清高的——都上去朝見諾獎文學得主，有人還希望與北方作者合撰專欄，坦白說，當然是希望佔些便宜。

上邊人口恒河沙數，人人均諳華文，漸漸風趣調皮過港人。有一首詩，叫《瓊瑤遇着徐志摩》，尚未讀內文，已經笑得噴茶，港筆還能貢獻些什麼？

港人道德標準，也不見先進，頂多教人如何撬男友或是找銀主，這些，都能長遠吃得開嗎？

人家此刻何等聰明，進步以倍數爆炸，香港二字已不能唬到什麼，老老實實做功課，或許尚可獲得分數。

仍然有那麼多人湧到長江邊賣水，魯班門前弄大斧，還有，孔夫子跟前賣文章，只有倪匡大爺子慧眼洞悉一切，按兵不動。

維持些尊嚴比較妥當。

中史

中史應當是最精彩有趣一科，五千餘年，萬里長征，一直走到今日，驚心動魄，非他國可比，當作長篇小說來讀，印證出土文物，令人心馳，報告可寫「馬可波羅自中國帶到意國的各種麵食」，以及「越王的劍」，甚至「宮中女子下場」等。

歷史並非「由某年至某年，某朝遂亡」，歷史中磅礴之事說不盡，像玄武門之變、漢高祖斬白蛇起義……清朝祖先何等剽悍，到了後代，王孫們連騎馬都不會，被中原糜糜生活陶冶。

野史、民間傳說，都豐富到極點，亦可考證一番，不愁沒有題目。

各朝帝王之殘酷任性，也叫後世驚嘆不已，他們的女人，亦擔當極重要角色。

每一科開頭，都是考記憶，讀上去，方可發掘奇異因素。

若問那麼多君主，最想結識何人，當然是悲慘而藝術造詣一流的徽宗。喂，閣下怎麼會用高俅那樣的人，瘦金體如何練成，並且，帶一套《水滸傳》給他看看。

少年如不喜歷史，過於嚴厲的老師許有責任。

百歲

都快一百歲了，叫人想起愛玲女士的話：「你還年輕嗎，不要緊，有的是時間。」福中不知時日過。

消極抵抗，無論如何都是好事，閱報看到百歲長輩坐着輪椅赴宴，又有人乘長途飛機回港與友人話別，不少在專欄數其家珍，俗稱：三十不學藝，但亦有人轉行炒樓，更有人加入遊行抗議隊伍，大聲吶喊口號。

政府班子平均年齡五十九，行會平均年齡六十二，新晉警務處女副處長五十餘，怎麼看只如三十多歲，英姿颯颯，打心底敬佩，剛在最成熟最有經驗之齡，退下，是社會損失。

還有，著名生角都近花甲，老角七十餘歲，人稱某哥，難怪年輕人要吵沒出頭日子。

查理斯苦候母后退位，他們兩夫婦外形比父母更加龍鍾，白髮蕭蕭，更顯老態。

近百歲的人都活出經驗來，儲蓄了一定本領，兵來將擋，水來土掩，當年也吃盡鹹苦，捱得五癆七傷，今日當然要舒坦生活。

退而不休是好辦法，不怕無聊。

有無人一百歲仍然寫言情小説？當然有。

夢

永遠記得某年劍橋大學中國文學系試卷中一題：「試演繹『夢』在中國文學中的重要性」。

一看之下，不禁流淚：「我會答，我會答」。

當年，友人菲立格斯在該校讀語文系，托他把試卷捎出長一長知識。

近日，靖弟說在新加坡與他再見：「那廝的寧波話說得比我好。」

天下其實沒有難事，可是有心人壯志漸漸流逝，這樣吧，努力寫小說，又故事裏人物必須做夢：好夢、噩夢、綺夢、胡天野地的夢，日有所思，夜必有夢。

漸漸不做考試夢，偶然一次，與小女共坐一室，一起筆試，她坐隔鄰，沙沙沙寫答案，被她比下去。

有機會再入學堂，選讀何科？正閱畢加索傳記，方知他與馬蒂斯不和，而在奧爾加之先，已有美麗情人/繆斯，叫弗達南，而當年的蒙馬達，像臭聞十里的垃圾崗。

來世，假使不必辛苦經營生活，仍然選讀純美術。

畢加索

這四冊漫畫加文字的畢加索傳記，最精彩之處是他當年在蒙馬達生活細節，做藝術的人，未成名之前苦楚，真嚇壞人。

那時，十個有十個窮畫家屈居該處，髒、擠、亂，沒有自來水，只得樓下一口井，天熱，畢氏常裸體作畫。畫商來到，掩鼻掩眼，看到新創立體派《阿維濃少女》，驚呼可怕！其他可接受作品，一堆還價五十法郎，阿畢拒絕，三日後，肚子餓，再找畫商，被壓至三十法郎，還得付中間人佣金。

但畢不改其樂，矮小貌寢的他不忘彈眼碌睛吸美女模特弗達南，一貫窮追猛打，把模特兒畫得似天仙，討其歡心。

成名後畢氏呼風喚雨，遠不及年輕時的他精彩，鮮為人知的是他祖家並非西班牙，而是一直嚷獨立的一省卡泰隆尼亞，窮鄉山區竟孕育如此大師。

傳記詳述他三次淌汗，一、科學家發明了攝影器材，老式繪畫已無立足之地。二、他與布拉克在異地同時嘗試立體派，「他比我做得好」。三、正研究面具雕塑構造，無意間參觀非洲原始藝術，發覺與他心目中意念一模一樣，土人已做了千年。

可見沒有把美女放心上，日後，對弗達南一字不提。

寵兒

這一代父母寵愛子女，衣食住行零用均豐富得不行，尤其注意他們心理問題，不容得罪，孩子慣得像祖宗。

原因：有識人士說，近年社會比較富庶，父母自身童年及少年得不到的物質與體貼，全副投射到子女身上。

還有，都不再生育五六七名，許多孩子沒有兄弟姐妹，自然寵愛有加。

還有一個因由，不見提起。

請注意此刻的孕婦年齡，有高至近五十者，婦女四十五歲左右已進入更年期，自然懷孕比率已大大降低，需要生育醫生協助，過程苦楚，失望機會也高，千辛萬苦，居然成功，但是，這也不是她們特別痛惜孩子原因。

因為時日無多。

從前，像家母，廿四歲已經有三子一女。

高齡產婦，看着初生兒小小面孔，心想：相處時間實在不久，待此嬰大學畢業，父母已垂垂老矣，能不珍惜嗎。

飆車

廿二歲青年某以時速二百二十餘公里高速駕駛法拉利跑車飛馳通往市區大橋，被交通警截住，車子被拖去禁錮，取消駕駛執照十六個月。

是他了。

約三個月前，每日可在黃昏時分聽見引擎咆哮，聲音霹靂如噴射飛機，不妥，到處是巡邏警察，青年恐怕會遭嚴重訓斥。

怎知是年輕男子？難道還會是中年阿姆乎。

他異常不安，有時並非赴約，也會在區內飆車，一晚，聽見他兜轉五次，大概在做run in，當然有同樣按捺不住住客知會警方。

新聞片段所見，法拉利白色車身，紅色座椅。啊，多麼危險，警察說，這種速度，旁車還看不清楚什麼事，致命意外已然發生，故必須嚴懲。

他自身呢，三個月內，已被票控四次超速，為什麼要那麼快，趕去何處？父母為何置價值三十萬加元超速跑車予他？

之後，黃昏就沉寂如舊了。

花

園子，一直修理成英式，即是不甚刻意，略亂，各種花卉，此開彼落，樹木不甚修剪，自由發展，不刻意經營，好不容易，紫藤搭到石階對面，形成∩字，花串垂下，十分曼妙。

忽然一早，發覺花橋被剪斷，嗄，誰幹的好事？家人說：「走過抓到頭頂，討厭，故修剪之。」

氣結，如是往日，一定會警訓：「把閣下頭髮也亂剪，可以嗎？」

今日充份明白甲之熊掌，乙之砒霜，無奈。

異常喜歡所有花種：牡丹、芍藥、玫瑰、紫藤、繡球、鬱金香，花團錦簇，七彩繽紛，花香蒸起，活着還是好的。

一種附着石隙生長的小草，叫石南，開紫色花，也可愛之極。

有文人嫌俗艷，説會連根拔起，驚訝不已，恐怕，俗的是人吧，故特表清淡。

那麼，潔白的蓮花呢，花店連瓦缸一起出售，還有梔子、薑蘭、白蘭、米蘭……超級市場均附花店，真叫人歡喜。

花，與嬰兒笑臉，沒有其他。

越發難寫

著名莎劇演員艾薩這樣說：「演漢姆烈特的窗戶越來越窄，只有少年才會為父親辭世母親改嫁而哀痛悲忿，過了那個歲數，看上去簡直可笑可悲。」

說得真好，因而想到，今日的言情小說越發難寫，也是這個原因。

本來引起觀眾共鳴的悲劇感人因素，今日寫出，變得狗血、可笑、落伍、突兀，誰還會因為分手而站雨中痛哭三小時，都會男女，跌倒爬起，豈能示弱，扮可憐，露委屈，當心禿鷹與豺狼蜂擁而至，剩下半條命都保不住，總得站着，是，筆挺，從頭來過。

所以，寫什麼呢。

寫內出血是相當困難的一件事，含蓄、沉靜，不發一言，腰間中箭，痛嗎，只有在笑的時候，如此堅忍，還有什麼好看。

廿一世紀了，稍微造次，像兩女相鬥，互相駕車對撞之類，十成刺激，但，受過教育身居要職的讀者會訕笑：至於嗎，這不是把女子形容成瘋婦嗎，看不下去。

快要責問莎翁：王子為何復仇，不能離開丹麥自立嗎。

抽水

哈利波特原著人羅琳女士名利雙收之後，前夫某忽然發話：他也有份構思暢銷書，他亦有功勞。

女士一向沉靜，此刻實在忍無可忍，如此回答：「這人對哈利波特的參與，如我對王子復仇記的貢獻一樣。」

在粵語，這叫做抽水。

沒有更好的形容了，簡直不能譯為國語。

喜抽水人士，總有法子打其秋風，譬如說他三姑的祖父的四叔的七表姐曾經為今年九優狀元補習，他也在不同時間空間受教於七表姐，故此狀元是他師兄弟之類。

快，穿件紅衣裳，擠到前排，表情莊嚴，搶鏡、抽水，攝在主角身邊，向觀眾表露是同路人，沾光。

很快，識相的人，練熟一句口頭禪：「我同他們不熟。」這當然是事實，豈敢認親識戚，實在高攀不起。

不過，仍然佩服一些喝杯水都要扯關係的人，勇氣可嘉。

珠與線

金像獎男星凱西愛夫勒新片叫《鬼故事》。
戲中，他扮演一隻鬼，意外身亡，女友到殮房看他，他蓋着白巾，就那樣，他跟女友返家，他與她都沒有名字，也無甚對白，影評人說：白布微微抖動，已表現出角色無比淒酸寂寥。
但戲未能持續，那意思是，不能自圓其說。
鞍的戲，每一場，每一角色，都似顆顆圓潤晶瑩珍珠，不過，少了一根絲線，串連不到一起，猜是劇本的原故。

也許是故事太抽象太艱難發揮，擲出的懸疑，無法收回。

看戲看老了的人，卻不介意，一齣戲，但凡一個鏡頭震動心弦，便已足夠，一本小說，有一句對白或是場景，叫讀者感慨，也已經足夠。

完美演員如周迅，十五歲與五十歲的角色都能勝任，真是瑰寶。

建議編劇先寫結局，再寫開頭，最後寫中間細節。

當然，像星球大戰之類的戲，毋須珠與線，前所未見地打到稀巴爛，也就嘆為觀止。

讀不完

友人把書籍捐出，有一大箱，標明是「讀不完的小說」。故事，若能叫讀者看到最後一頁，已算不錯。

每次，都依着雜誌上讀書報告，挑選新版小說，看個究竟。當然，書評人相當客氣，選到的書冊，都美言幾句，但付錢買書的讀者卻不那麼想，要求比較苛刻，也就未免扔進大紙箱。

女兒中學時期，常與她拿莎翁名劇開玩笑：誰會那樣做呢，寡母改嫁，漢姆烈特居然精神崩潰，還有，伊阿吉在奧賽羅面前中傷苔絲狄蒙娜，那渾人就手刃嬌妻，威尼斯商人歧視猶太裔，馴悍記更要不得，低踩女性，學校已不選讀此三劇。

幸虧，故事以外還有許多無奈深意，多數涉及人類悲哀命運，以及無可避免掙扎無效的定數。

起碼要擁有兩三個層面的故事，才能看下去吧，否則，如今少年人人知道，Romeo is a jerk，怎樣寫報告呢，四百多年前的道德與感情標準呵。

正是，讀者最高貴權威，任何名著，都得經得起貶值。

早晴與晚晴

大導演張徹幫一個孩子取名早晴，她妹妹叫晚晴，但父母不喜「晚」字，改掉了。

早晴固然重要，少年便走得順順利利，成績好，人緣佳，不消父母擔心，太理想了。

但是，晚晴更為重要。

年輕時吃虧學乖，看盡眾生相，跌倒爬起，日後學了乖，閒時還可以當笑話談：多麼辛苦的一條路，不知如何走過來，常常佩服自身勇氣毅力。

人人希望可活至晚年，雖然歲月、精力、機會不再，靜靜坐着，一邊看雲起雲飛，一邊喝杯好茶，便是晚晴。

這也不簡單，首先要性情澹薄，接着，有足夠生活費用支撐不管閒賬的習慣。

一位才五十出頭的寫作人竟被年輕力壯自以為已服不老丹藥的記者問：「閣下已達暮年……」

迅雷不及掩耳可是。

人生是否有那許多晴天，實屬疑問，洋人云，「上天給你檸檬，你便做檸檬汁」，小雨戴帽斗，大雨便打傘，颱龍捲風躲屋裏，森林大火只得疏散，沒法度，生活苦楚。

或許、有可能、我很好、最終、看一下

小女成年後，漸懂言語藝術，不大給肯定正確答案，「今晚回來吃飯否」，「I'm good」，「工作順利吧」，「Maybe」，「那是你好友嗎」，「Perhaps」，「與舊同學可有聯絡」，「Eventually」，說了等於沒說，從不答是與否，猜謎語。

終於忍不住問：「或許，有可能，最終，看一下，是否都是『不』？」

「『最終』還有機會發生。」

為何要如此含糊，百思不得其解。

隔許久才明白，「我很好」指「不，謝謝」，「要添些菜嗎」，「我很好」，即飽了。

在英國住過一陣，有時發覺老師同學也會得那樣轉彎抹角。

「你知道我喜歡你嗎」，「假使不察覺，也未免太不敏感了」。

有一同學說：「我之不喜歡這個女孩是因為無論我多麼用心寫一篇功課，伊之成績總比我高一等」。

忽然想起，女兒在五歲時還不會說話，蠻嚇的。

埋怨刀鈍

炎熱，天文台發出酷暑警告，攝氏三十五度，比港台澳都熱。

星期一，只寫了六個字：「他們三人姓逢」。

星期二，刪掉兩字，變成「他們姓逢」。

一共四字，不，不是加起來兩天寫十一字，而是兩天只得四字。

太可怕了，寫稿數十年，從未試過如此驚嚇。

在字典查一下拽字，無論如何找不到拼音，自責，大叫「文盲、文盲」。

有組外景隊自印度孟買到溫哥華，導演心想：孟買太熱，往溫埠涼快些，結果喊：「比印度還熱！」

有冷氣機呀，一開，寒毛立刻站班，打噴嚏，流鼻涕，原來花粉症/鼻敏感/冷氣過敏，都是兄弟症候。

數月之前，在三尺深雪地結結棍棍滑一跤，左膝迄今酸痛，綁着護膝，忽然，又有中暑之虞。

寧波人有一句話，叫「自家笨，埋怨刀鈍」，是寫不出了吧！

這一日是終於會來臨的。

失去整個夏天

女兒做畢業報告，與同學在校內工作室連日連夜趕工，幾天不出門是常事，累了，在地上躺睡袋眠一眠，有個同學好腦筋，找來一隻大紙箱，上半身鑽進，當床。

如此這般，總算把功課趕出，生活恢復正常，她抬頭看天空，噫，樹葉變黃，已是初秋，夏季呢？「我已失去整個夏季！」

稍後她問：「母親，你可有同樣經驗。」

我？當我抬起頭來，發覺整個中年都已經過去。

一位大報總編輯這樣說：「十多年不見陽光，上班時太陽已經下山，返家時太陽尚未升起。」

為什麼這樣苦？是，我們付出的是生命，得到的不過是生計。

為着晚幾年日子好過些，所以有力氣時如此賣力，從不理會那些譏諷勸有功的言語，待降霜之時，又會聽到他們抱怨懷才不遇之類推卸。

不要緊，還有餘力，散步之際，踢起一地黃葉，又是一番風景。

Let me die

在急症室輪候報告，呆不作聲，極端無奈，忽然一組急救人員推進一架床，照規矩，救傷車送進的病人有優先權，輪候長龍又得推後。

這時聽得病人大聲哭喊：「Let me die, just let me die!」聲音稚嫩淒厲，分明是個少女，讓我死，讓我去死，她說。

即時光火，霍地站起，老伴用力按下，「你想做什麼！你自身五癆七傷。」

這分明是一個失戀的自殺少女，被救回還如此作威作福，可惡。

事後，老伴問：「你剛才想做什麼？」

「想走過去，狠狠給她一記耳光，說：『這是代你母親出手』。」

有什麼不對？Just let me die！

浪費親友關愛，糟蹋醫療資源，況且，死了也是白死，那人不到三天又高調與另一蠢女雙雙對對。

怎知是失戀？不然還會是什麼，可見過少女因功課欠佳自殺？

前面不知還有多少苦日子，這樣就要死。

磨合

一日早起，忽然想到，與老伴正式同居已有三十八載，嚇一大跳，竟這麼久了，一般說法是，二人終於磨合、修煉成功，但事實是，與老伴面面相覷，終於大笑。

磨合，有可能嗎，兩個完全不同出身、背景、意向、性格的人，如何磨合，懷有該等憧憬的夫妻想必一定失望。

乾脆你是你我是我各歸各工作、嗜好、交際圈子，有重要之事，像孩子往何處讀大學之類，才開會討論，平日，每一天，誰也別管誰。

基本上健康、樂觀、生活正常，不涉遊蕩吹嫖賭，過那麼幾十年，不成問題，若能互補不足，更算標準夫妻。

當然，要奉獻一切人力物力與感情，不得有誤，不可叫對方覺得還有其他事比他重要，那就差不多了，真慘可是，那就看個人選擇，不願結婚的大有人在。

特別不喜交際應酬的人覺得還是結婚為上，日子久了，像愛玲女士所說，到底有點真心。

不要想磨合，那才不會失望，某人三十八年嗚哇拉提琴，我呢，照樣穿牛仔褲，不作他想。

Please

請相信我。

失戀、被棄，這種慘痛感覺，一定會過去。

是的，說時容易做時難，想到對方殘忍、冷血、背信棄義、欺騙感情，簡直心如刀割。

但，切記，一定會得過去，逐日捱過，有朝一日，冬季失戀，到夏天還穿着棉襖失魂落魄的你，會得驀然抬頭，我在做什麼，這是怎麼一回事？

幸虧，你沒有帶着七吋牛肉刀，約那個人出來，一刀插進他背脊。相信前輩，人，都經過此劫，事後，你會覺得，誰？那是誰人，誰值得另一人為他神經錯亂？

看，身邊親友，以及同學、同事，甚至這一篇專欄，有，有關懷你的人，將來，你會找到更好對象，一定，實實在在告訴你，若干時日之後，你不會再愛他、恨他，甚至記得他是什麼人。

千萬不要拖着誰二十樓躍下，或是失蹤十日，叫父母警方四出尋找，結果是一具遺體。

失戀自然會得痊癒，但需要給些時間，怎樣不耐煩也要捱過。

不要叫不相干社會人士看到大字噩耗心中難過。

靜態

英BBC製作英劇確合脾胃，秀麗外景，淡妝女角，寫實劇情，最重要的是，演員沒有什麼表情，喜怒不露於色；描寫戰爭場面，只聽到炮彈呼嘯，人們處變不驚，只是護住孩子奔走，任何情況下都維持最低限度尊嚴。連續劇播放到三十五集，男主角還沒有哭過，濃重哀愁以淡淡形式表演，叫觀眾心折。

一次二次大戰後接着與愛爾蘭共和軍打鬥，傷痕永不磨滅，彷彿還沒有恢復元氣，陰影幢幢，脱歐之後，可能成為離世孤立島國，抱着牛頓與莎翁，而勞斯萊斯車頭塑像並不譯作「歡樂女神」，實是「狂喜之魂」。

同威尼斯一樣，無論如何都會沉落海底，也沒有其他事可以緊張，上學時做實驗失敗，流淚，老師勸慰：「別擔心，我們的國家日益沒落，我們還沒有哭呢。」

實驗室裏有一大缸液氮，打開蓋子，只靜靜冒一陣輕煙，絲毫不覺厲害，靜有靜的力量，走入希思路飛機場，聽不到大呼小叫，靜得像教堂，若是喜歡，就是欣賞。

寫小說

上世紀九〇年代不少行家移民加國，有人頭一側，下巴一抬，說：「時間多了會寫小說/進大學。」

做過超齡學生及一直寫小說的人聽着噤若寒蟬，不敢吭半句聲。晃眼廿多年（！？）過去，一直寫的人還是一直寫，誇下海口者卻仍然沒動筆。

根本住世界任何一個角落都有做不完的家務俗事需要處理，溫埠每天不見得有四十八小時，在港擠不出時間，到了外地也照樣吃茶講電話搞人際關係，故此，一年年過去，十年之後，大概也忘記該事。

當然，要是真的寫將出來，評價、銷路、聲望，一定勝過目前流行作品千萬倍。

至於升學，都想過吧，想像中外國小中大學都易進易讀，選一科高雅如天文物理的科學讀：距離地球十億三千萬光年的小恆星……誰敢說，不是十億兩千九百萬光年呢。

可是，也終究無人取得博士銜，長者升學，還不用交學費呢。

最近，連一直揚言長篇小說及紙媒早已過時根本沒有讀者的行家也忽然寫起小說出書。

烏托邦青年

世道如此艱難，也還存在烏托邦青年，定義相當簡單：父母提供大學學費及獨居公寓的孩子們，便是烏托邦青年。還要怎麼樣。

多少有志少年，因欠學費，未能深造，十多歲提早出社會打工，捱盡鹹苦，自此人生觀不一樣，有些畢業後還要還政府一大筆學費借貸，人都老了，仍在付房貸，幸福感一絲絲被剝奪。

烏托邦青年由家長負責，真是讀書時讀書，玩耍時玩耍，暑假兌歐羅往歐陸，讀完一科，發覺不太合性子，又轉讀第二科，轉瞬三兩個B.Sc.，他們心目中，環保甚重要，眾生平等，種族必須和諧，整個人像一冊心靈雞湯，對上一代的酸澀、不信任、步步為營，均不以為然，「老了就如此」，他們說：「世上沒有好人好事，剪一個頭髮都諸多躊躇。」

開心時，他們笑起，像聖誕老人，「呵呵呵呵」，你我曾那樣笑過嗎，大概一次也無。

這干青年，也許連失戀都不會臨門，需要教訓他們否？當然不，各人修來各人福，一輩子如此，豈非更好。

Damaged Goods

手塚治虫漫畫怪醫Black Jack這個人物，出身奇特，他是一個車禍受重傷男孩，被醫聖救回，身體殘缺部份找別的軀體駁上。換句話說，他是一個科學怪人，全身縫針痕跡，連頭及頭髮都分黑白兩色，他活下來，得到師傅傳授醫術，成為再世華佗。

一日，某著名女歌手找他，歌手有一秘密，她出生時帶着一個發育不全寄生胎，附她身上吸收養份，她求黑積幫她割除。

這也難不倒黑積，手術順利完成，歌手道謝付款離去，他正要清理生物廢料，卻聽見啾啾飲泣之聲，寄生胎還活着！

黑積怔住，想到他自身當年也不過從一堆殘肢救活，他動手把其他肢體器官接到寄生胎上。

很可惜，只能做到一個小女孩模樣，而且不會長大，他叫她翩諾子，因童話中老木匠所造小木偶叫翩諾奇奧。

兩個殘缺不齊、七拼八湊的人就這樣活下來，她成為怪醫助手，鬧出不少笑話。

正是，人無完人，各人運程造化也大自不同，兩個不應活着的人，編織一連串精彩故事。

戰或遁

每個人都有心灰意冷、意興闌珊之際，凡事皆空，白費心機？當然，即使事事順景，到頭來也得駕返瑤池，故此，有大小挫折，還是看開點好。

像摔一跤，半邊面孔腫起發紫，眼白充血，萬聖節毋須化妝般模樣，也不必訴苦，因為同事患腦癌，正打算打開頭顱做手術。

一定要站着，不可退縮。

詩人狄倫湯默斯與其父一生不和，他卻在父親臨終時寫下最淒厲懇求：「爭鬥、爭鬥，抵抗那將逝光芒，不要馴服地走進那美好夜晚。」

千萬忍耐，切忌元神散渙，努力走下去，不要露出頹喪樣子，任何一間公司業績曲線都有上上落落，維持平穩也很不容易。

遇難關，有些人抵抗，有些人竄逃，還有一招叫不變應萬變，亦即是厚顏照常生活，做妥應當做的事，不要費心為閒事煩惱。

獨居者深夜哭泣不止，生出許多不應有念頭，是最最危險時刻。

開亮燈，在電視上找一個最惡俗胡鬧節目，開一罐冰凍啤酒，流淚不要緊，明早記得上班。

豬不吃洋葱

最早接觸環保仔，遠至在英國讀書之際，上烹飪課，廚房一角放着許多大桶，廚餘分類，錯不得。

一次，忙亂之際，把菜皮一股腦兒丟進豬食桶，被專注同學艾蓮看到，她立刻說：「衣莎貝，豬不吃洋葱，別把葱皮丟入。」是是是，立刻頭昏腦脹把垃圾取出，揀出洋葱。

女兒六七歲之際，每早到衛生間巡視，一見沒把水龍頭旋緊，立刻代勞，並加以白眼。

在超市多要一隻塑膠袋，被年輕服務員曉以大義，生意也擱一邊，忙着教訓顧客。

節約便是環保，從前，大人的衣服改一改，便給孩子穿，長子穿完給幼子，連大皮鞋都可以改小，或往教會取舊衣物，管它流行不流行。

還有，一本拍紙簿寫兩次：鉛筆寫滿再用鋼筆。

今日環保相當刻意，似種時髦玩意，挖空心思，像用舊木做家具，比新木還貴，不再穿皮草，但皮鞋還是皮鞋。

鐵斯拉車在內地設廠，計劃年產七百萬架電動車，這倒是最佳環保消息。

西服

男子穿衣，本來最簡單：深色西服、白襯衫，結深色領帶，即可。

勿輕易穿條子、格子、花紋、珠片，拜託，也不要捲起褲腳，穿鞋不穿襪，總而言之，劉德華不穿的勿要穿，劉德華穿的也不要穿，因為你不是劉德華。

太勁太花在不適合的人身上，會得像小丑，為何不一切從簡？

在電視上看到韓星池珍熙訪港，中年的他頭髮三七分界，微微含笑，深色貼身西服，站筆挺，雙臂垂直，斯文有禮，已夠好看。

接受訪問，為什麼要擠眉弄眼，伸頸縮膊呢，唉。

湯福特的西服極窄，據說長褲沒有一寸多餘，難以坐下，但是站着何等漂亮倜儻。

假使知道Hugo Boss曾為納粹SS設計軍服，還穿不穿它呢。

博洛斯兄弟牌西服最大方好看，有少女說，再猙獰男生穿上都不錯。

閒時穿什麼？白襯衫牛仔褲呀，呵對，又時興高褲腰了，如有小肚，得減一減。

累

一夜熟睡，做夢，看到自己坐在歐陸的旅遊車上，渴睡到極點，東歪西倒地睡着。

熟睡做夢，夢見熟睡，如此疲懶，駭笑，真不好意思。

金庸如此說過：「你比較快樂，你無大志。」

他極少評人，出口一言中的。

渴睡的人很難有大志，正想計劃，已經打呵欠，睡一覺吃飽飽，世界另一番樣貌，多次遇到挫折，都因嗜睡，不了了之，從新開始。

有時要向家人道歉：「對不起，倦極，睡醒再說，失陪。」生活令人厭倦：倒不完的垃圾，洗不盡衣物，一疊疊賬單，一位友人說：不怕失戀，自己會痊癒，最怕水管漏，不知多煩。

又有三子之母，怕他們親熱叫「媽媽」，一定又有特別要求，或是擺不平事宜，需要父母鼎力相助。

自幼為生活跑江湖，當然吃苦，至今，知是星期日清晨，不用上班，哈，還是會歡喜得笑出聲，連忙轉身再睡一覺。

有些人有些事，看着都累，像移民到太平洋另一端又回轉，來回來回，數次之多，半生大抵就如此開銷掉，人生既來之則安之，實是至理明言。

越戰

美電視製作十五小時越戰實錄，分十節播放。

鼓起勇氣才能決定看，至完場可以說一句看過哀傷，可是仍然不明白為何設備如此先進，手法無比殘酷的美軍打了二十年，花七百億軍費，五萬九千名軍人陣亡之後，仍然沒有爭取到勝利。

三屆總統，肯尼迪、詹森、尼克遜，與他們的國防部長、國務卿對話，有真實錄音，均大嚷：「這是一場不會勝利的仗，這是另一場奠邊府之役」，但仍然打下去。

戰區劃分為一一三山頭、二零六山等，攻上，佔領，翌日又被敵軍攻下，如此重複又重複，打得稀巴爛，投下炸彈比二次大戰總和還多。

西貢政府之腐敗、歷任總統之囂張，令觀眾髮指。

最淒厲一節：越共事後對記者說：「當美軍陣亡，同胞會圍着哭泣，依依不捨，多奇怪，他們也有憐憫悲傷之心……」是，都生活在地球，割破皮膚均流鮮紅色血液，都是胎生。

紀錄片氣氛沉實，以事論事，也許，美人最偉大的不是F35戰機或核能航空母艦，而是這種新聞自由。

報復

電視劇女角靜靜守候一角，待負心漢與別人完成婚禮半醉笑着走近，拔出牛肉尖刀，一刀刺下，大聲説：「不相干的人不要過來！」追上，再給數刀，殺死為止。

真痛快可是，完全明白。

上法庭，控方律師問：「如果再有選擇，會否同樣殺人。」

她肯定答：「會。」

真有血性骨氣可是。

不不不不，不。

完全整污那把好刀。

做戲是做戲，做人是做人。

絕不可以報復，也不宜原諒，只有忘卻，努力嚥下一口濁氣，繼續生活。

日後，若果活得更好，那人可能還會揚言一百年前分手是因為女方貪慕虛榮之類，也不用理會，避遠遠，任他扮可憐做弱者博同情。

是為這個人緣故才發奮向上嗎，當然不，是為着自愛，之後冬季往歐陸，夏季往兩極，同友人抱怨：「比火星表面還要冷……」

千萬，千萬，不可殘人，自殘，千萬。

衛斯理英譯

小女幼時，要求聽故事，想一想，把衛斯理故事大綱譯成英文，先讀兩頁，再讓她自己看，這些短短譯本，相信我，一定比Nine Yin White Skeleton Claw（拜託！）為妥善。

譯《老貓》，一開頭就說：公元一千年前，在薩帝統治埃及之際，一日深夜，月黑風高，一隻老貓，獨自躑躅，仰頭遙望無際星空……

還有《頭髮》，首先抱怨人類學習過程漫長痛苦，事倍功半，費時失事，得到孩子認同，然後問：假使頭髮是快速學習的先進工具，似電線般插入總機，刹那間像電腦匙般接獲所有學識，豈非妙哉？那麼，人類何以失卻這項本能？說來話長。

其中，還夾雜着衛斯理舅舅在內蒙古遭遇的趣事，均受歡迎，衛舅成為她尊重人物。

故事人物與關係先列清楚，以便小讀者分辨，「他最終有無見過天外來客」，「他說沒有，他也時時凝望星空，不過未有得到接觸」，「你呢」，「只想接觸讀者」。

五十年前

半世紀過去，社會演變，五十年來，有何進步？

彼時，女性讀完中學，已告一個段落，大學生鳳毛麟角，「港大」二字，是塊招牌，出外留學叫鍍金，父母十分鍾愛，家勢優渥，才能做到。

年輕女子的職業包括教書、看護、飛機艙服務生等，當年有實業工廠，聘請女工做紡織、製衣、塑膠、假髮，好不興旺，收入不低，都會就此升級。

小阿飛長駐涼茶舖欄杆，吹口哨說：「姐姐，你不打我也罵我幾句」，換了今日，怕要抓到警局。剪短髮也不行，「妹妹，你是男是女？」

沒有便利店，不見房產舖，地盤爆石，樓梯底有補絲襪店，還有扔上三樓的飛機欖，好吃。

風氣封建，有「女人三十爛茶渣」一說，還有，離婚手續非常複雜，道德塔利班會加以「離婚婦人」四字低踩，下邊一句是「貪慕虛榮」。連政府工都未能同工同酬，找工作要人保、舖保，如今，只需要大學文憑做擔保。

是不能比了，對女性來說，出路更加高與多，大學理科畢業禮上，女生比男生多，華裔又比西人多，迄今，已沒有婚後坐家中女子，不想浪費社會資源。

看電視

在看一個劇集，眾仙女打扮漂亮，飄來飄去，恩恩怨怨，一生不夠，轉世再來，沒完沒了，可是，有斯文儒雅的趙又廷呀，各種扮相都英俊之至，已值得看完全劇。

還有另外一齣，不外是聰敏美麗的女主角雖然出身寒微，但是努力掙扎，終於成為巾幗，該劇並不動人，但她穿清末民初美輪美奐的服裝，華麗奪目。更加吸觀眾眼球是劇裏每一件家具，每一種擺設，淨是屏風，十多種形狀與質地，有一張巨大鼓形書桌，精緻無比，全神貫注看到三十多集，才把它素描出來，有機會也打造一張，坐着寫字。

這當然都是精彩電視劇，戲裏各種因素，但凡有一點點精彩，便應鼓掌，對別人要求太苛，做人毫無樂趣，生活，需要包涵。

有些宮廷劇，帝后王孫，公主妃嬪，甚至太監，都滿街跑，宮門進出自由，純屬創作，都快成為魔幻現實手法，也夠熱鬧好笑。

凡是有胡歌戲份劇集，非看不可，這人把缺憾美三字升格到另一境界，其實右臉因車禍引致諸多瘢痕，可以美容，但是，他不介意，導演也不介意，觀眾更加只看演技。

小松鼠

小動物的聰敏，叫人震驚。

門前草地有一塊小小△形禿地，分明是某動物挖掘，不知何物淘氣，於是填好。隔兩日，△形又出現，不甘心，再填，是什麼呢，鳥類還是鼬鼠？要不是鄰家小犬，如此來回來回，五六個回合，好一隻頑固的小生物，禿位，在同一位置，一絲不差。

一天回家，看到了。

是隻黑色小松鼠，興奮大喊：「看到你了，知道你是誰了！」

牠急忙竄逃，説也奇怪，草地從此再也不禿。被人看出真相，不好意思再現身啦。

誰還敢欺侮牠們。

又見生物紀錄片中寄居蟹換殼，一向以為各歸各獨自找房子，原來不，牠們自動按大小次序排好隊，一連十隻八隻，最大的先，最小的後，一隻隻把殼退出換讓，蔚為奇觀，那隻最大的新居竟是一隻可樂罐，環保，環保，環保。

一直覺得，所有生物，除卻人類，均屬地球原居民，一早適應，而人類，是天外異客，還無知地一直尋覓天外來客。

Suzie Wong

少年時已看過此片，十分討厭，只覺辱華，前些日子看經典影片，重見蘇絲黃，嘩，關南施竟如此漂亮，第一次演出，演技也算不差，一身淨色窄腰旗袍，分黑、白、米三色，均穿得好看，那一頭漆黑烏亮及腰頭髮，更添神采，尤其盤起紮在腦後，好不動人。

這樣爛故事拍得如此媚外，卻那麼好看，女主角功不可沒，至於威廉荷頓，面孔已老得像箸菜，還與妙齡少女談戀愛，不忍卒睹。

關南施是繼黃柳霜後國際華裔女星，以後還拍過花鼓歌，後來潮流退去，也就息影。

烏溜溜黑髮染得蠟黃枯燥，是近年之事，要到阿玉在花樣年華穿上旗袍，觀眾才覺好美，然而那是舞小姐打扮，正經女子的旗袍，要在鞏華電影才見得到。

外國人知道的，永遠是蘇絲黃，弟留學時，大學尚有不少洋男懷念蘇絲，要求他回港帶一把梅紅色羽毛扇，要命。

最後一次見施女照片，是她坐在一輛威士牌機車後座，笑靨如舊，司機，是曾江。

Mu Lan

廿年前與女友看迪士尼動畫木蘭，完場時兩人感動得淚盈於睫，她説：「那有那麼好。」女友是過埠新娘，想必經過艱難時刻，有感而發。

當年身為新移民，也事事艱難，沉肘落膊，靠過去可怕留學經驗，才撐了過來，我們都算半個花木蘭吧，故到迪士尼店選擇木蘭胸針，別在領口，今日猶在。

迪士尼拍攝真人版木蘭，女主角劉亦菲亮相，嘩，神采飛揚，英姿颯颯，看着都開心。華裔女性地位可有真正提高？那就看汝是否願意承擔三倍苦工了，多講無益，事實勝於雄辯，世道的確改變不少，民智也漸漸開明。

當年，「花」音譯為Fa，今日，恐怕會改成Hua，而發現木蘭為女身要殺的一場，也會刪改吧。

如今婦權分子，叫她一聲甜心，她都認為是侮辱，幾乎告將官裏去，過猶不及也不是好事。

友人性格堅強，從未聽過伊訴苦，也早約妥，每人每次吐苦水，不得超過十分鐘，超時，踢出局，還有，一切都是自身選擇，與人無尤。

木蘭若躭家裏出嫁歸夫家，則老父必然戰死沙場，她一半也因不忿而出去大展身手吧。另外有一個歷史故事中女子，叫緹縈，更加可愛，那麼，別忘記梁紅玉，與穆桂英。

捲筒

電視中看到青年抱着一卷卷圖則，匆匆過馬路，與人相撞，啊原來是美少女，圖則跌到馬路，少女幫他拾起……

這是不正確的，圖則上功課，可能是整個學期的心血結晶，怎捨得暴露在街道中，即使攜到路上，也放進特製捲筒，小心翼翼揹背上運輸。

曾在互聯網購得一枚愛馬仕五成新皮革捲筒，專門用來放圖則、畫作，可是，此刻，連捲筒也不用了，圖則做妥由電腦運輸，傳到全球目的地，然後，對方打印取出，那打印機長約三呎，所有細節看清楚，印出收進同樣大小抽屜。

寫字樓那種可調校斜度桌子也遺憾地全部淘汰，當然不再用筆與電動擦膠，一切在熒屏操作，工作人員也相應減少，啊，對，模型都3D打印，不勞人手。

浪漫不再，那隻皮革捲筒只用來載汽水罐，前物主可能瞠目結舌。

那麼，故事中少男少女如何邂逅，費煞心思，可能只是「喂，你叫什麼名字」，不，不，還有希望，在電腦尋友版上尋找。

粉麵粥飯

拉麵Ramen當然最普遍，十分受歡迎，各國年輕人都知道美味，小店專門賣拉麵，客似雲來。

Wonton麵，要到專區選擇，麵比較細、幼童叫Skinny noodle，河粉，照越南拼音Pho，小豆芽菜越多越好，泡着滾燙牛肉湯，青檸檬，辣醬，唔——嗯。

炒牛河、撈麵、銀針粉，華人超市都有售，還有豬腸粉，一人就可吃一大包。

粉絲，由綠豆製造，煮熟透明，洋人叫Glass noodle，玻璃麵，十足浪漫，想起上海舖裏油豆腐粉絲湯，豆腐泡裏還塞肉。

各省各縣各城的不同口味粉麵粥飯都具備，而且新鮮，價廉，連奶茶一杯，加免治牛肉飯只$5.99，一看，免治牛肉是切成小粒，並非絞碎，立即喜歡。

簡單的食物最好吃，友人一下飛機便趕去吃象拔蚌粥，喜歡及第粥因其名稱極佳，誰不想及第。

在家做鹹菜肉絲泡飯、菜飯，只需三兩下手勢，最怕那種做盤頭也得一整天的大菜，意大利人的有味飯不過是添十隻八隻番茄，法式，加蘋果，漸漸也入廚。

玉堂春

藝名中最燦爛的，大抵是玉堂春，試想想，多麼錦繡，雕欄玉砌的華堂，適逢春天，那還不富貴榮華，最好的喻意，叫客人高興。

這個女子的本名，不過叫蘇三。

藝名，與筆名，都不是真名，從前，做戲子，並非上等職業，為免帶給親友不便，多數用藝名，像梅蘭芳，麒麟童，直到尤敏、林黛，還是藝名。當年邵氏錄取一班少女，六十年代，還沿用習俗，為着別致上口，由大導演胡金銓替她們取名方盈、邢慧、李菁。

之後，不流行藝名了，一人做事一人當，真名真姓上陣。但是筆名，自稀奇古怪的還珠樓主、無名氏，到正氣的金庸、倪匡，之後，多用真名。近日走回頭，網頁上筆名有叫南方舞廳、天地錦繡、南海十郎……嘆為觀止。

有文人本名陳阿福，長大，不喜歡，為做詩人，開始叫陳宇宙，也有藝人日久不紅，換個名字，觀眾越來越糊塗，不知何去何從。

忽然想起，賈寶玉的筆名是怡紅公子，林黛玉叫瀟湘妃子，他們組織一個詩社，玩得十分高興。

不賣土產

時裝設計師三宅一生說，他不會賣土產，他的意思是，他不會把和服改迷你裙搬到設計上，或是叫模特化能劇白面孔妝吸引注目。

他的時裝，大方、簡約、別致、美觀，放諸國際而後準，公平競爭，換句話說，不用奇形怪狀唬洋人。

住在外地，多年來，幾乎每一本出版的華裔英語著作，都是說土產故事，書名古怪，好像妾侍的子女、半月影茶座、麻將與三娘、文革與托爾斯泰……土產包裝，差些沒配搭一朵大紅繡球花。

題材比聊齋誌異還詭異：人吃人、人吃胚胎，殘殺動物吃野味，都是真事云，叫觀眾進入大千世界西洋鏡，取得驚嚇作用。

就算寫新移民、留學生，也苦得嗒嗒滴，彷彿置身煉獄。

曾見過一位中年華人女作者，在BBC節目接受訪問，穿着清宮廷裝戲服，戴鳳冠，介紹新作，説英語似戴卓爾夫人，每句往下頓。

香港不作興如此，華洋雜處百多年慣常普遍，想吃魚腸蒸雞蛋但不能餐餐吃，亦不推薦給洋人，大家都吃龍蝦吧。

大好時光

有母親抱怨子女房間似一個竇，雜亂、髒、什麼都找不到，小學時期的漫畫與麥記送的玩具，仍扔桌底一角，大學文憑連鏡框摔在床邊……

因此問：「你希望他把大好時光用在收拾上嗎，況且，個多星期後又恢復原狀，隨他去吧，不要嚕囌。」

他的生命他的寶貴一去不回頭的時間，隨他自己編排使用，讀書、工作，做一個有用的人即可，餘者像半隻陳年漢堡尚未處理不必計較。

時間一剎過去，待他中年時，才把散亂衣物逐件揀起，用吸塵機打理家居至一塵不染。

此刻，大好青春時間寶貴，去逛街看戲逛畫廊每間餐館試新，與朋友笑鬧整個週末。

因為咔嚓一聲，面孔就又老又皺，四肢倦怠痠軟，還說什麼暢遊歐陸。

參觀過他們的居所嗎，真有點可怕，衣物分兩堆，一堆已洗淨，另一堆骯髒，被單從未洗滌，鞋面有去年泥漬。

是否每個少年如此？從前自問頗有點潔癖，今日，都改過來，愉快地馬馬虎虎過生活，這叫覺悟。

二創

二次創作，最初起源也許是頑童順手在女子畫像與照片上加兩撇鬚，後來，有人覺得有趣，連蒙娜麗莎都不放過，做得最發達的是安地華荷，他的甘寶罐頭湯、名人像，不過加上幻彩，竟賣個滿堂紅，稱Pop art。

都是他的創作嗎，部份是啦，街頭美術家哈林與班克斯倒是100%原創，粗淺也是風格。

一個短篇，文字清澈中帶着淒清，寫一個老醉漢，在除夕夜蹣跚走路回家，令讀者惻然，看到差不多完場，忽然覺悟，這是寫曹雪芹呀，曹霑晚年潦倒落魄眾所共知，不是秘密，那麼，這篇文字亦是二創，如果文筆健，還可以寫黛玉、寶釵、鳳哥兒。

一直覺得畢加索才華叫歷史傾倒，因為他嘗試的那麼多派別，全屬原創，為着立體派與非洲面譜略有與人重疊，他苦惱不已。

二創是Nonfiction，原創是Fiction。

這雙手雖然小，但屬於我，不是你的。

誰是原創?蓉兒與靖兒、楊康楊過小龍女，全部有出生紙。

狠批

導演占士卡馬倫狠批賣座超級動漫英雄大打鬥影片，請觀眾不要浪費時間金錢。

卡氏本人拍攝的首席賣座影片忽然被搶鋒頭，擠下寶座，心有不甘吧。

被他指責的年輕導演反應：「嘩哈，好呀，占士卡馬倫也看我們影片。」毫不在乎，輕描淡寫，當作笑話。

唉，人貴自重，前輩要有前輩樣子，否則，自討沒趣，且看史畢堡，幾時出過半句聲。

年輕人自古不好得罪，他們活在當下，看不到明天，情願吃虧，也不會聽老人言，最好各歸各，各做各的事。

社會看膩，自會將之淘汰，社會寵愛，奈何。

有一年，親耳聽見老資格製片批判新導演的影片至半文不值，那小哥氣定神閒：「某先生，我們正在學習中，也許到了你那年紀，成績會同你一樣。」

兩個人都長着快嘴，結果，兩個人日後成績都不怎麼樣。

你看倪匡，笑嘻嘻，文友人人宇宙第一，從不提自身。

量子

純是好奇，看了許多報告。

愚見如下：量子，是極細粒子，愛因斯坦都說它十分weird、spooky，普通人更覺不可思議，不似地球物質。

它有奇特本質：（一）它可穿牆而過，這不是奇門遁甲嗎。

（二）它前進時不以↑或是∿∿∿，而是像漣漪那樣一圈圈擴大◎，接觸面積即是它圓周，範圍大許多許多。

（三）最可怕一點：量子可以一分為二，同時在兩處地方出現，並且，互通信息。

二〇一六年華裔量子力學專家潘建偉主導，施放一枚量子衛星墨子到三百哩高空，作傳訊用，比現時互聯網快速數萬倍，而且保密周詳。

資訊報告中一位該科教授盡量以簡單例子解釋，觀眾因資質所限，聽是聽明白，完全不能理解，原來這量子能量功能一直存在，連簡單的植物光合作用，製造葉綠素過程，亦牽涉到量子。

曾問靖弟：「你可以讀這門功課否」，「不行，我數學不夠好」，「那麼，大哥行嗎」，「我不認識大哥，不能置評，但老三可以」。

書名　　閒情拋卻　　作者　亦舒

出版　　天地圖書有限公司
香港黃竹坑道46號新興工業大廈11樓
電話：2528 3671　傳真：2865 2609

香港灣仔莊士敦道三十號地庫（門市部）
電話：2865 0708　傳真：2861 1541

設計及插圖　Untitled Workshop

印刷　　亨泰印刷有限公司
柴灣利眾街27號德景工業大廈十字樓
電話：2896 3687　傳真：2558 1902

發行　　香港聯合書刊物流有限公司
香港新界大埔汀麗路36號
中華商務印刷大廈3字樓
電話：2150 2100　傳真：2407 3062

出版日期　二〇二〇年九月／初版・香港